JN122633

よろず占い処 陰陽屋と琥珀の瞳

天野頌子

ポプラ文庫ピュアフル

もくじ

よろず占い処

陰陽屋と琥珀の瞳

◆登場人物一覧◆

安倍《あべの》祥明《しょうめい》　陰陽屋の店主。陰陽屋をひらく前はクラブドルチェのホストだった。

沢崎《さわざき》瞬太《しゅんた》　陰陽屋のアルバイト高校生。実は化けギツネ。新聞部。

沢崎みどり　瞬太の母。王子稲荷神社で瞬太を拾い、育てている。看護師。

沢崎吾郎《ごろう》　瞬太の父。勤務先が倒産して主夫に。趣味と実益を兼ねてガンプラを製作。

沢崎初江《はつえ》　吾郎の母。谷中で三味線教室をひらいている。

小野寺《おのでら》瑠海《るみ》　みどりの姪。気仙沼の高校生。男児を出産。

安倍《あべ》優貴子《ゆきこ》　祥明の母。息子を溺愛するあまり暴走ぎみ。

安倍憲顕《のりあき》　祥明の父。学者。蔵書に目がくらんで安倍家の婿養子に入った。

安倍柊一郎《しゅういちろう》　優貴子の父。学者。やはり婿養子。学生時代、化けギツネの友人がいた。

山科春記《やましなはるき》　優貴子の従弟。主に妖怪を研究している学者。別名「妖怪博士」。

槙原秀行《まきはらひでゆき》　祥明の幼なじみ。コンビニでアルバイトをしつつ柔道を教えている。

葛城《かつらぎ》小《こ》志《し》郎《ろう》　クラブドルチェのバーテンダー。実は化けギツネ。月村颯子を捜していた。

雅人《まさと》　クラブドルチェの元ナンバーワンホスト。現在はフロアマネージャー。

燐《りん》　クラブドルチェの現在のナンバーワンホスト。王子さまキャラ。

高坂《こうさか》史尋《ふみひろ》　瞬太の同級生。通称「委員長」。新聞部の部長。

江《え》本《もと》直希《なおき》　瞬太の同級生。自称恋愛スペシャリスト。新聞部。

岡島《おかじま》航平《こうへい》　瞬太の同級生。ラーメン通。新聞部。

三井《みつい》春菜《はるな》　瞬太の同級生で片想いの相手。陶芸部。祥明に片想い。

倉橋《くらはし》怜《れい》　瞬太の同級生で三井の親友。剣道部のエース。

青柳《あおやぎ》恵《めぐみ》　瞬太の同級生。瞬太に失恋。演劇部。

遠藤《えんどう》茉《ま》奈《な》　瞬太の同級生。高坂のストーカー。新聞部。

浅田《あさだ》真哉《しんや》　瞬太の同級生で高坂をライバル視している。パソコン部。

白井《しらい》友《ゆ》希《き》菜《な》　新聞部の後輩。中学の時から高坂に片想い。

山浦《やまうら》美《み》香《か》子《こ》　瞬太のクラス担任の音楽教諭。通称「みかりん」。

只野《ただの》　瞬太が一年生の時クラス担任だった理科教諭。

金井《かない》江美子《えみこ》　陰陽屋の常連客。上海亭のおかみさん。

仲条律子《なかじょうりつこ》　陰陽屋の常連客。通称「プリンのばあちゃん」。

月村颯子《つきむらさつこ》　化けギツネの中の化けギツネ。別名キャスリーン。優貴子の旅行友だち。

月村佳流穂《かるほ》　颯子の娘。飛鳥高校の食堂で働いていた。通称「さすらいのラーメン職人山田さん」。

葵呉羽《あおいくれは》　颯子の姪で瞬太の生みの母。瞬太を王子稲荷の境内に託した。

葛城《かつらぎ》燐太郎《りんたろう》　葛城小志郎の兄で瞬太の実の父。月村颯子に仕えていたが十八年前に死亡。

鈴村恒晴《すずむらつねはる》　山科春記の助手。葛城燐太郎の親友で、燐太郎の死後、呉羽と結婚。

第一話

新年は厄介ごとともに　～倉橋家の双子たち

ふたたび

一

さえざえと澄んだ、凍《い》てつく星空の下。

新年をむかえたばかりの東京都北区《きたく》の王子駅《おうじえき》周辺は、はなやかな熱気につつまれている。

午前零時をつげる時報とともに、年に一度の大イベント、狐の行列がスタートしたのだ。

笛と太鼓のにぎやかなお囃子《はやし》にあわせ、交通規制のかかった大通りを、行列はゆるゆるすすんでいく。

江戸時代には、大晦日《おおみそか》の夜、神の使いの狐たちが榎《えのき》の下に集合し、正装に着替え、王子《おうじ》稲荷《いなり》神社に詣《もう》でる狐火の列が見えたという。

狐火がたくさん見えた年は豊作になる、白い狐がまじっていたらめでたい兆《きざ》し、などの運だめし的な要素もあったため、江戸町人の間で、年越しは王子に行き、狐火を見物してから、王子稲荷神社に初詣《はつもうで》をするのが流行したくらいである。

江戸が東京になり、王子から狐が姿を消したため、狐火も見られなくなっていたのだが、平成に入ってから、地元の有志たちが狐の行列を再現することにした。

そのため、行列の参加者はみな狐面をつけるか、狐メイクをほどこし、粋《いき》な和服姿で、手に提灯《ちょうちん》をかかげている。

特に人気があるのはかわいらしい子狐たちで、歩道をうめる見物客たちも、手をふったり動画を撮影したりと大忙しだ。

和テイスト満載でありながらユーモラスな珍しい行事なので、最近では海外からの観光客も少なくない。

行列の中ほどを、三角の耳とふさふさの尻尾《しっぽ》をつけた童水干《わらべすいかん》姿の少年が歩いている。陰陽屋《おんみょうや》のアルバイト高校生である沢崎瞬太《さわざきしゅんた》だ。

瞬太は歩きながら、しきりにあたりを気にしていた。

行列のスタート地点である装束《しょうぞく》稲荷神社の近くで、琥珀《こはく》色の瞳を見たような気がしたのだ。

あの独特の瞳は、鈴村恒晴《すずむらつねはる》ではないだろうか。

瞬太は化けギツネならではの、夜目がきく視力や、すぐれた聴覚と嗅覚をフル稼働させた。

だがあまりにも見物客が多すぎる。これでは人ごみの中にまぎれこみ放題だ。そもそも顔を狐面でおおわれると見分けがつかない。

かといって聴覚の方も、お囃子や、行列で歩く人たちの足音、見物客たちの話し声などに邪魔されて、恒晴がかなりの大声で話してくれない限りは捜しだせそうにない。

「どうかしたのか？」

落ち着きのない瞬太に、いぶかしげな表情で尋ねたのは、隣を歩く安倍祥明《あべのしょうめい》だ。

祥明は、白い狩衣《かりぎぬ》に青藍《せいらん》の指貫《さしぬき》という、いつもの陰陽師《おんみょうじ》スタイルである。まるで少女漫画から抜け出してきたような端整な顔立ちで、長い黒髪が月の光をあびてつややかに輝く。手にしているのは桜を散らした絵柄の金色の扇だ。

今夜は行列の参加ルールにのっとり、顔の斜め上に、黒い狐面をつけている。

「あ、うん、ちょっと……」

瞬太は生返事をしながら、きょろきょろとあたりを見まわす。

やはり恒晴は見あたらない。

「むやみに猫耳を動かすな。バッテリーが切れるぞ」

祥明の警告に、瞬太ははっとした。

もちろん瞬太の狐耳は本物なのだが、正体を内緒にしている手前、秋葉原《あきはばら》のコスプレ衣装専門店で買ってきた猫耳をつけていることになっているのだ。ふさふさの茶色い尻尾も同じである。

こんな大勢の人たちに見物されている中で、耳や尻尾をひょいひょい動かしすぎると、本物だと見破られてしまうかもしれない。行列の動画をＳＮＳに投稿する人だって、少なくないのだ。

「ごめん。気をつける」

瞬太は素直に謝った。

こうなったら鼻だ。

嗅覚だったら、パワーを全開にしても、ほんのちょっと鼻がヒクヒクするだけで、たいして目立たない。

おれの黄金の鼻で恒晴を捜しだすぞ！

二

瞬太は意気込んだものの、いざ始めようとすると、肝心の恒晴のニオイを全然思いだせない。

それどころか、店先で販売されているピザや甘酒の匂いを思いっきり吸い込んでしまったせいで、お腹がグウゥッと派手に鳴り響いてしまう。

「あっ！」

瞬太はとっさに左手で胃の上を押さえるが、時すでに遅し。隣の祥明はもちろん、後ろを歩く同級生たちにもはっきり聞こえたようで、あちこちからクスクス笑う声が聞こえてくる。

「今の沢崎？」

「たぶん」

背後から聞こえてきた倉橋怜《くらはしれい》のあきれ声と、三井春菜《みついはるな》の笑いをかみころした声に、瞬太は真っ赤になる。

「やっちまったな、沢崎」

「まあ、気持ちはわかる。ちょうど小腹がすく時間なんだよ」

こちらは同じクラスでかつ新聞部仲間の岡島航平《おかじまこうへい》と江本直希《えもとなおき》の声だ。

だめだ、嗅覚も使えない……。

瞬太は恥ずかしそうに三角の耳を伏せて、とぼとぼ歩く。

「あっ、瞬太君たちが来た！」

声がした方を見ると、小柄な和服姿の女性が嬉しそうに右手を振っていた。瞬太の生みの母、葵呉羽《あおいくれは》である。

隣に立っているのはクラブドルチェのバーテンダーで、瞬太の叔父《おじ》でもある葛城《かつらぎ》だ。

二人とも本物の化けギツネなのに、わざわざ狐面をつけている。初めて来た狐の行列を満喫しているようだ。

瞬太が小さく手を振り返すと、呉羽は大喜びで、ちぎれんばかりに激しく手を振った。

なんだか初めて親が授業参観に来た小学生のような気分で、かなり照れくさい。

いつも欠かさず授業参観に来てくれたみどりと吾郎《ごろう》は、今年も瞬太と少しはなれたところで行列を歩いている。

みどりは今夜のために新調したウールの着物で、吾郎は祖父の形見の着物だ。

みどりは呉羽に気がつくだろうか。

気がついたからといって、行列の最中だし、話をすることもできないから、何かがおきる心配もないのだが。

こういうのも三角関係にはいるのかな、などと瞬太がとんちんかんなことを考えているうちに、一時間の行程を終えて、王子稲荷神社の鳥居にたどりついた。

以前、三井が足をくじいたことのある急な階段では、全員が緊張ぎみだったが、無事にのぼりきれてほっとする。

明るく照らされた境内《けいだい》は、参拝を終え、おみくじやお守りを手にした人たちでいっぱいだった。

祥明と瞬太も、まずは初詣だ。

賽銭箱《さいせんばこ》からのびる列にならぶ。

だが、いざ自分の番になったら、何をお願いすべきなのか、思いうかばなくて瞬太はあわてた。

三井と自分がうまくいくようにとお願いするということは、三井が祥明をあきらめてくれるようにとお願いすることでもあり、さすがに気がひける。

恒晴が見つかりますように、なんて、年に一度の初詣で神様にお願いするのも、違う気がする。

とりあえず、いい年になりますように、と、ざっくりしたお願いをして頭をさげる。

「ちゃんと卒業できますようにってお願いした？」

江本に言われて、瞬太ははっとした。

「忘れてた！」

慌《あわ》てて戻ろうとすると、祥明に襟《えり》をつかまれる。

「みどりさんと吾郎さんがお願いしてくれるに決まっているから、大丈夫だろう」

「そうか。それで祥明は何をお願いしたんだ？」

「少なくとも僕たちのことじゃないよね？」

瞬太の問いに答えたのは、背の高い青年たちだった。二人は同じ顔に同じ服装で、しかも死んだ魚のようなどんよりした目までそっくりである。

違うのは眼鏡《めがね》のフレームの色だけだ。

「あれ、倉橋のお兄さんたち、もう遊園地から帰ってきたの?」

「まあね……」

双子の片方が、暗い声で答えた。

倉橋怜の双子の兄、晶矢《あきや》と耀刃《てるは》は、今夜、同じく双子である恋人たちと遊園地のカウントダウンイベントへ行き、午前零時の花火の下でプロポーズする計画だったはずだ。

それがこんなに陰気な表情であらわれたということは、断られたのだろうか。

「店長さん、ちょっとこっちへ来てくれる? 相談があるんだ」

「今、ここでか?」

「そうだよ、今すぐ来て」

双子は瞬太には目もくれず、祥明だけを両側からはさむと、境内の隅へとひっぱっていった。

瞬太は心配そうに三人の後ろ姿を目で追う。

祥明のことはともかく、自分の給料が気がかりだ。

「大丈夫かな。お守りの代金を返せとか言われてないといいけど」

「いや言ってるだろう。間違いなく失恋の気配が濃厚だったぜ」

岡島が断言する。

「いい気味よ。うちの店番放りだして遊園地になんか行くから。それより春菜、おみくじ買いに行こう」

「え、うん」

倉橋は三井の手をとって、社務所にむかった。瞬太たちも二人の後ろに並ぶ。

「待ってました、部長！」

おみくじの列に並んだ高坂史尋《こうさかふみひろ》のもとにかけよってきたのは、新聞部の後輩たちだ。

「部長はもう白井《しらい》さんにゆずったよ」

「じゃあ高坂先輩。もう参拝は終わったんですよね？　行列の取材を手伝ってください」

二年生の白井友希菜《ゆきな》は、大正時代の女子学生のような羽織《はおり》、袴《はかま》姿で、首にデジカメをぶらさげている。かわいい狐メイクと編みこみの髪は、高坂理髪店でやってもらったのだろう。

「でもおみくじをまだ……」

「そんなのいつだって買えますよ」

これまた高坂が抵抗する暇もなく、両側からひきずられるようにして連れて行かれてしまった。

見慣れた光景なので、誰も驚かない。

「委員長は毎年大変だな。行列の取材はこれで四年連続か？」

「自分で新聞部つくったんだから仕方ないよ」

自分たちも名ばかりとはいえ新聞部に在籍していることを棚に上げ、みんなで高坂の後ろ姿に手をふる。

「きたこれ、大吉！」

今年こそ彼女ゲットだぜ、と、江本はガッツポーズで跳びはねた。

「おれは吉だ。まあまあかな。沢崎は？」

「末吉《すえきち》……」

友人たちにおみくじを見せながら、瞬太はうなだれる。

「末吉か。まあ凶じゃないだけましだよ」

「うん」

それにしてもこの歌はどういう意味だろう。

「行末《ゆくすえ》を思えば遠し……？」

王子稲荷のおみくじは和歌なので、原文のままだと意味がよくわからないことが多いのだ。

「行末を思えば遠しかぎりなき御代《みよ》の栄《さかえ》を待つぞ嬉しき。九番だね」

聞き覚えのある声に瞬太ははっとする。

顔をあげると、そこに立っていたのは琥珀色の瞳をもつ青年だった。

三

大勢の人でごった返す境内で、そこだけがぽっかりと異空間であるかのように、不思議な気配につつまれている。

今日はグレーのコートをはおっているが、髪型も、表情も、瞳の色も、まえとかわらない。

「鈴村……恒晴……？」

「久しぶり。元気そうだね」

「なぜ……」

初めて会ったのは真夏の伏見《ふしみ》稲荷神社だ。瞬太が山道で居眠りしていた時、おこしてくれたのが恒晴だった。

次に会ったのは山科春記《やましなはるき》の講演会に、忘れ物を届けに行った時。恒晴は会場でスタッフをしていた。

春記の荷物持ちの助手として陰陽屋にあらわれたのは、瞬太が東京に戻ってしばらくたってからだ。

その時はまったく知らなかった。

彼が瞬太の母、呉羽と一時期結婚していたということを。それも瞬太を手にいれるために。

瞬太の実の父親、葛城燐太郎《りんたろう》が水死体で発見された日に、近くの温泉街でとられた写真に恒晴がうつっていた。

もしかして、父の死に何か関わっているのかもしれない――。

「ここで何をしてるんだ？」

「何って、狐の行列の見物だよ。君は毎年、参加しているんだって？」

「どうしてそれを……」

「インターネットで陰陽屋を検索すれば、すぐにわかることだよ」

毎年ＳＮＳに祥明の画像が多数アップされ、かなりの宣伝効果をあげている、と、言ったのは、倉橋だったか、それとも高坂か。

隣を歩く自分も、おまけで映っているのだろう。

つまり、恒晴はここで、自分を待ち伏せていたのか……？

何のために……？

薄気味悪さを感じながらも、瞬太は自分を励ました。

これはせっかくのチャンスじゃないか。

「お、おまえにはききたいことがある！」

逃げだしたいのを必死でこらえ、瞬太は言った。

「いいよ。でもここでは落ち着いて話ができないから、場所をかえようか」

恒晴の提案に、瞬太はひるんだ。

恒晴と二人きりになるのは、正直、不安だ。

だが、こんなチャンスは二度とめぐってこないかもしれない。

「……どこへ？」

「どこか静かなところがいいね」

「わかった」

瞬太は緊張した面持《おもも》ちでうなずくと、歩きはじめた恒晴のあとを追おうとした。

「沢崎君、お神楽《かぐら》はじまるよ」

かわいらしい声が瞬太をひきとめる。

足を止め、振り返ると、人混みの中で三井がきゃしゃな手を振っていた。

「今年も見るよね？」

着物の袖口《そでぐち》からのびる、ほっそりした白い手首が妙にまぶしい。

「ええと、どうしようかな……」

実はお神楽のことはすっかり忘れていたし、毎年なんとなく見ているだけで、たいして好きでもない。子供たちの舞はかわいらしいが、立ったまま眠りそうになることもしばしばだ。だが、他ならぬ三井の誘いである。

「おれは……」

「あのへんがすいてるぜ」

江本が宝物殿《ほうもつでん》の階段のあたりを指さす。

「みんなは先に行ってて。おれ、この人と話があるから」

「この人って誰？」

「だから……」

瞬太が振り向くと、恒晴の姿は見あたらなかった。

ぐずぐずしている間に、おいていかれてしまったのだろうか。

瞬太は慌ててあたりを見回したが、境内も、駅へむかう坂道も、たいへんな混雑だ。

人混みにまぎれてしまった恒晴を見つけだすことは、もはや不可能だった。

お神楽を最後まで見て、沢崎家の三人がそろって帰宅したのは午前二時すぎだった。

「陰陽屋さんの着物、しわがつかないように、ちゃんとかけておくのよ」

「はーい」

みどりに渡された着物ハンガーに、渋い赤茶色の童水干をかける。

この冬、きものの森川《もりかわ》のおかみさんが、瞬太のために新しく仕立ててくれたものだ。

まえ着ていた山吹《やまぶき》色の童水干よりも、少し大人っぽく見える気がする。

今年も陰陽屋は正月三が日が休みなので、次にこの童水干を着るのは、四日の仕事はじめだ。

「こんなものかな」

しわがつかないよう、ピッピッと襟や袖をひっぱると、長襦袢《ながじゅばん》の右袖がカサカサと音をたてた。

「おみくじを結んでくるの忘れちゃったな」

袖のたもとに手を入れると、おみくじと一緒に、名刺サイズの白い紙がでてきた。

見覚えのないメールアドレスが書かれている。住所どころか名前も電話番号もない。

「何だこれ。誰かからもらったんだっけ？」

まったく覚えがないが、自分でたもとに入れたのだろうか。

瞬太は白い紙を鼻に近づけ、クン、と、かいでみた。

「これは……」

瞬太の手から力がぬける。

自慢の鼻がかぎあてたニオイは、恒晴だった。

四

沢崎家は、おおむね例年通りの元日をむかえた。

一家三人で昼まで熟睡し、午後二時頃になって吾郎がつくったお雑煮《ぞうに》を食べる。

食事がすむと、看護師長のみどりは準夜勤のためにでかける支度をし、吾郎はテレビのお正月番組を見ながら、ガンプラをつくるのだ。

「一年の計は元旦《がんたん》にありって言うぞ。瞬太も勉強をしたらどうだ？」

「お雑煮を食べすぎたから、眠気が……」

「それなら、腹ごなししてきたら？」

瞬太は再び布団に戻ろうとしたところで、犬のジロの散歩を頼まれた。

ジロの散歩が休みになるのは、台風の日くらいで、それ以外は盆も正月も関係ないのだ。

元気いっぱいでいつものお散歩コースを進むジロは、時々瞬太の方を向いて、「ちゃんとついて来いよ」という顔をする。

ジロはどうも瞬太のことを、自分の弟分のように思っているらしい。

いつものように王子第二小学校の脇の坂道をくだり、王子稲荷神社の近くまで来て、ジロは歩く速度をゆるめた。初詣の人たちが大勢歩いていて、思うようにすすめないのだ。

この調子だと、境内はきっと混雑していることだろう。狐の行列の時ほどではないかもしれないが。

きっとあの人混みにまぎれて、恒晴はメールアドレスだけの名刺を、瞬太の童水干のたもとにすべりこませたのだ。

恒晴に連絡したものかどうか、昨夜《ゆうべ》からずっと迷っている。

ききたいことはたくさんあるのだ。

だが、二人きりで会うのは何となく怖い。

誰かに、たとえば葛城や呉羽に相談すれば、きっと心配をかけてしまう。かといって、実の親と関わりがある男のことを、育ての親であるみどりと吾郎に相談をするのは、何となく気がひける。

高坂たちは受験生だから、絶対に勉強の邪魔をしてはならない。

結局、こういう時に一番頼りになるのは、祥明なのだ。

祥明は、難題を客観的に分析して判断するのが得意である。

何より、瞬太のことを真剣に心配してくれるような誠実さなど、かけらも持ち合わせていないことがわかっているので、心置きなく何でも話せるというものだ。

だがそんなやつに真面目な相談をするなんて、どうも癪《しゃく》にさわる。

だから恒晴に連絡するかどうかは自分で決めないと、と、思ってはいるのだが。

いったいどうしたらいいんだ、わからないよ……！

だめだ、考えれば考えるほど眠気が。

坂道の途中で立ち止まってしまった瞬太の顔を見上げ、ジロは首をかしげる。

「ジロの初詣はまた今度にしようか」

瞬太が言うと、ジロはクゥンと残念そうな声でないた。

五

陰陽屋における瞬太の仕事で、もっとも重要なのは掃除である。

なにせ祥明は掃除を一切しない。暇さえあれば、休憩室のベッドでごろごろしながら、本を読んでいるのだ。

正月休みの間も、当然のように読書三昧《ざんまい》だったらしい。

三日ぶりに瞬太が来てみると、商店街の通りから地下にある陰陽屋へおりる階段には、落ち葉がこんもりつもっていた。

これまた例年通りである。

薄暗い店内を通り抜け、休憩室に行くと、祥明は白い狩衣姿のままベッドに寝そべり、本を読んでいた。

ベッドの上には本が散乱している。

「おい、祥明、今日からだよな。看板でてないぞ」

狩衣に着替えているということは、一応、店をあける気はあるらしい。

「まかせた」

本に目をおとしたまま、祥明は答える。

よくこんなにやる気のない店主の店が、三年以上続いているものだ。

童水干に着替えた瞬太は、お品書きの黒い看板をかかえて、階段をのぼっていった。

童水干の最大の弱点は、膝下が素足になってしまうことである。

草履《ぞうり》をはいた足を凍てつく北風に直撃され、瞬太は急いで、ふさふさの尻尾をしゅるっと巻きつけた。尻尾マフラーだ。

五本指のストッキングなら草履もはけるわよ、と、みどりは言うのだが、母親のストッキングをはいているところを、同級生、特に三井に見られたらと思うと、尻尾マフラーで頑張らざるをえない。

通りに看板を設置して、そのまま階段の落ち葉を掃いていると、つい最近聞いた二人分の靴音が近づいてきた。

すらりと背が高く、おしゃれなダウンベストとニット帽がよく似合う二人の若者は、そっくりのきれいな顔をしている。

新年最初のお客さんは、倉橋家の双子たちだった。

「店長さんいるよね？」

「店長さんよんでよ！」

耀刃と晶矢は、むすっとした顔で瞬太に言う。

右目の下にあるホクロの位置までぴったり同じ二人だが、眼鏡のフレームが紫で紅茶の匂いがするのが晶矢、緑のフレームでコーヒーの匂いがするのが耀刃である。

瞬太があっけにとられていると、二人は階段をすたすたおりて、勝手に店の奥のテーブル席に腰をおろした。

この双子は、狐の行列の夜に、王子稲荷神社の境内の奥へ祥明をひっぱっていったが、その件がまだ決着していないのだろう。

瞬太は急いで几帳《きちょう》の裏にある休憩室へとんでいった。

「祥明、聞こえただろう？　倉橋の双子の兄さんたちが待ってるよ」

「面倒臭いな……」

祥明はベッドに寝そべったまま、頬杖《ほおづえ》をついている。

「一応、お客さんだから」

「あー、急な腹痛が……」

祥明は小学生のようなでまかせを言う。

「今追い返しても、明日、じゃなくて、一時間後にはきっとまた来るよ」

「む……」

祥明はいまいましげに舌打ちすると、のっそりとおきあがった。

長い黒髪を両手で無造作にかきあげ、背筋をのばす。

「お待たせしました。陰陽屋へようこそ」

休憩室から一歩ふみだした時には、祥明はさわやかな営業スマイルを顔にはりつけていた。

六

瞬太がお茶の用意をしながらきき耳をたてていると、二人の用件は、予想通り、プロポーズ大作戦が不発に終わったことへの苦情だった。

「もう一度順を追って確認するが、彼女たちは待ち合わせにはちゃんと来たんだな？」

「うん。夜八時の待ち合わせに五分遅れて来たけど、いつもそんな感じだし」

「髪型がなかなか決まらなくてって言い訳してた。そういうところがまたかわいいんだよ」

二人は交互に説明する。

「洋服もすごくかわいいの着てたし、けっこう気合い入ってたと思うんだ」

「まずは一緒にレストランでご飯を食べて、その後、アトラクションやショーをまわったんだ」

　大晦日に限っては、夜通しアトラクションやショーを楽しめるようになっているという。

「でもだんだん二人の口数が少なくなってきて……夜十一時には、終電が心配だから帰るって言い出したんだよ」

「JRは一晩中運行するから大丈夫だってとめたんだけど、西武線《せいぶ》は違うからって」

「カウントダウンの花火を見ないなんてもったいないよって、僕たち必死で説得したんだけど、どうしても帰らないとってきかないんだ……」

　そんなこんなで彼女たちは十一時すぎには帰ってしまったので、プロポーズどころではなかったのだという。

　三十分ほどは男二人でアトラクションをまわっていたのだが、だんだんむなしくなってしまい、結局、花火を待たずに遊園地を後にしたのだ。

「僕たち、新年は京浜東北線《けいひんとうほく》の車内でむかえたよ」

瞬太がお盆に湯呑みをのせて持っていくと、双子はどんよりした瘴気《しょうき》をまきちらしていた。

「それであんな時間に、王子稲荷の境内にいたのか」

うっかり瞬太が声にだしてしまうと、双子にじろりとにらまれる。

「そうさ。悪い？」

「ぜ、全然、悪くないよ」

瞬太はプルプルと頭を左右にふり、大急ぎでお茶をだす。

「せっかく陰陽屋さんで恋愛成就の護符を買ったのに、これは一体どういうことなのか、店長さんに問いただささずにはいられないということさ」

「つまりプロポーズを断られたわけじゃないんだろう？　プロポーズをしてもいないのに、恋愛成就の護符がきかなかったと難癖《なんくせ》つけられてもな……」

祥明はあきれ顔である。

「で、なぜ彼女たちが十一時すぎに家に帰りたいと言いだしたのか、本当の理由は明らかになったのか？」

「この前店長さんに確認しろって言われたから、元日の朝、メールしてみたんだけど、終電ぎりぎりだったから、の、一点張りなんだ」

「もしかしたら本当に終電が理由だったのかも。千葉県からタクシーで帰ったら、一万円以上かかりそうだし」

双子は複雑な表情で考えこむ。

「えっ、タクシー代一万円⁉　でも花火も絶対見たいし、おれなら始発まで待つな」

「キツネ君……」

祥明はため息をついた。

双子がうらみがましそうな眼差《まなざ》しを瞬太にむける。

「君ってヤツは、何てデリカシーがないんだ！」

「僕たちが全力で考えないようにしていたことを、さらっと言ったね⁉」

「ええと……まずかった……かな？」

どうやら地雷を踏んでしまったらしい。

瞬太はお盆を胸にかかえて、後じさった。

七

「つまり彼女たちは、僕たちと始発まで一緒にいるのが嫌だったってことだろう⁉」

晶矢は勢いよく立ち上がり、バン、と、両手で激しくテーブルをたたいた。はずみで湯呑みがひっくりかえる。

湯呑みはお茶をまき散らしながら、ころころとテーブルの上をころがっていった。おかげでテーブルも床もびしょ濡れだ。

蠟燭《ろうそく》の炎も消え、独特の臭《にお》いをただよわせる。

天井近くにかけられた提灯がいくつかあるが、ぼんやり光るインテリア程度の明るさしかないので、もともと薄暗い店内がいっそう暗くなってしまう。

「あっ」

この大惨事を招いた晶矢本人が、ころがる湯呑みをつかもうとして、あちっ、と、手をひっこめた。

「落ち着け、晶矢」

耀刃が携帯電話のライトをつけると、小さいが白く強い光がテーブルを照らす。

テーブルから落下しかけていた湯呑みを、祥明が扇の先で止めた。

床に落ちていたら、湯呑みは確実に割れていただろう。

その場にいた全員がほっとして、緊張がとける。

「火傷《やけど》は？」

「大丈夫、ダウンベストがちょっと濡れただけ」

耀刃がライトで晶矢のダウンベストの裾を照らすと、たしかに濡れて黒く光っていた。

「何か拭《ふ》くものを持ってくるね」

瞬太は休憩室に走り、タオルをつかんで戻ってくる。

「こんな暗い中でよく走れるな」

耀刃の感想に、瞬太はギクリとした。

ふさふさの尻尾がぶわっとふくらむ。

そうだ、普通の人間の視力では、こんなに暗い場所では走れないのだ。

うっかりしていた。

「キツネ君はうちで三年以上働いてるから、何がどこにあるか覚えているんだ」

祥明がさらさらと適当な言い訳をしてくれる。

舌先三寸とか、口から先に生まれた男という言葉は、祥明のためにあるに違いない。

「そ、そうなんだよ。おれは陰陽屋の店内なら、目をつぶってても走れるよ」

「へぇ、すごいじゃん。それより問題は僕たちのプロポーズだよ」

幸い二人は、瞬太の視力にはまったく興味がないらしく、さっさと自分たちの相談に話をもどしてくれた。

瞬太がほっとすると、背後でふくらんでいた尻尾ももとに戻る。

「話を聞く限りでは、君たちが何か、彼女たちを不快にさせるようなことを言ったり、おこなったりしたとしか思えないが」

祥明の冷静な指摘に、双子は猛然と反発した。

「そんなはずないよ！」

「心当たりはないのか？」

「全然」

「終電としか答えてくれないし。店長さんはどう思う？　元ナンバーワンホストなんだから、女性心理には詳しいんじゃないの？」

「そんなこと言われても、会ったこともない女性の気持ちなど、察しようがない」

祥明は冷ややかに肩をすくめた。

だが、耀刃の目がキラッと光る。

「つまり会えばわかるんだね⁉」

「相手次第だな。もちろん百パーセントではな……」

「わかった、ここに連れてくるよ！」

祥明の言葉を、晶矢は途中でさえぎった。

八

「彼女たちをここに連れてきて、店長さんに会わせよう。それが一番いい。いや、それしかない」

「冴えてるじゃん」

晶矢の提案に、耀刃も同意した。

二人はすっかりご機嫌で、両手を顔の高さにあげてハイタッチする。

「で、どうやってここに連れてくるんだ？　一緒に陰陽屋へ行こうって誘って、来てくれるかな？」

耀刃の問いに、晶矢は首をかしげた。

「んー、どうだろう。彼女たちは陰陽師とか全然興味なさそうだし……」

晶矢はちらりと瞬太を見た。

「沢崎君、何か考えてよ」

「えっ、おれが？」

瞬太は祥明の顔を見るが、わざと知らんぷりされてしまう。せめてそのくらい双子が自力で考えるべきだと思っているのだろう。

祥明の意見には瞬太も大賛成だが、何かアイデアをださないことには、双子がゆるしてくれそうにない。

何より瞬太は、自分が絶望的な片想いをしているだけに、恋に悩む人たちを、ついつい、応援せずにはいられないのだ。

たとえそれが、なにかとお騒がせな倉橋家の双子であっても。

「えーと、陰陽師って言わずに、ただ、君たちに会わせたい人が王子にいる、って言えばいいんじゃ……」

「それ重すぎ」

「絶対親だって勘違いされるよ」

あっさり却下されてしまう。

「じゃあ、王子稲荷に初詣に行こうって誘って、ついでに陰陽屋へ寄ればいいんじゃないかな？」

「それだ！」

瞬太の案に二人はとびついた。

「じゃあ店長さん、近々、彼女たちを連れて来るからよろしくね！」

双子は満足げにうなずきあうと、携帯電話のライトで足もとを照らしながら帰って行った。

ライトを持つ二人がいなくなると、途端に店内は暗がりに戻る。

「正月早々、まったく面倒臭い奴らだな。さっさとプロポーズして、結婚するか断られるか決着すればいいのに」

祥明は心底うんざりした様子で舌打ちした。

消えた蠟燭の芯にさわって、しばらくだめだな、と、つぶやく。まだ湿っているのだろう。

ほとんどまわりが見えていない祥明のために、瞬太はてのひらに、ぼうっと青くゆらめく狐火をだした。瞬太が使える唯一の妖術である。

「かわりの蠟燭を持って来た方がいい？」

「ああ、頼む。そういえばキツネ君の童水干は大丈夫か？」

「あ、えーと」

瞬太はお茶がかかった袖のたもとにさわってみる。

「まだ乾いてないけど、すぐにタオルで拭いたし、大丈夫じゃないかな？」

「しみにならないといいが」

うん、と、瞬太も大きくうなずく。

「光恵さんがわざわざおれのために縫《ぬ》ってくれた、新しい着物だもんね」

「着物のしみ抜きなんていったいいくらかかるか、想像しただけで気が遠くなる。上のクリーニング屋で安くやってもらえるといいが」

「なんだ、そっちか」

瞬太はチェッと口をとがらせると、休憩室まで蠟燭をとりに行ったのであった。

九

新年最初の営業日ということもあって、倉橋家の双子が帰った後も、上海亭《シャンハイてい》の金井《かない》江美子《えみこ》がふかしたての肉まんを、仲条律子《なかじょうりつこ》が手作りのプリンを持って来てくれた。

他にも、たいした用もないのにあれこれ差し入れを持って来てくれるお客さんたちがいて、祥明の人気はあいかわらずである。

そして来る客、来る客、みんなが瞬太に「卒業は大丈夫なの？」と質問していく。

そのたびに瞬太は「たぶん……？」と言葉をにごして、頭をかいた。

瞬太が卒業できるかどうか決めるのは、飛鳥《あすか》高校の先生たちなのだ。

瞬太にきかれたってわからない。

そんなこんなで、まあまあ忙しい初日だった。

「そうだ、しみは大丈夫かな」

童水干を脱いでロッカーにしまおうとして、ふと瞬太は思い出した。お茶がかかった袖先を確認するが、幸い、きれいにかわいている。もともと濃い色の布地なので、まったくあともついていない。

お茶のニオイはついてないかな？

袖先を鼻先まで近づけて、瞬太ははっとする。

恒晴の名刺を入れたままだった。

連絡はした方がいいのか、しない方がいいのか。

瞬太は頭をプルプルと左右にふると、童水干をロッカーにしまって、扉をしめた。

今日は疲れたから、また明日考えよう……。

翌日も、乾いた冷たい風が商店街を吹き抜けていく冬晴れだった。松飾りは残っているものの、初詣の人はだいぶ減り、ほとんどの店が通常営業にもどっている。

瞬太が階段を掃いていると、またも聞き慣れた二人分の靴音が近づいてきた。

おそろいのニット帽におそろいのハーフコート、デニムのパンツにローファー。

倉橋家の双子である。

二人とも表情がどんよりと暗く、目つきがけわしい。

「あれ、二人だけ？　彼女さんたちを連れて来るんじゃなかったの？」

瞬太の問いに、双子はそろって、いまいましそうな顔をした。

「見ればわかるだろう？　断られたんだよ」

「卒論の〆切が迫ってるから、しばらくはどこにも行けないってさ」

ハーフコートのポケットに手をつっこんだまま、とげとげしい口調で双子は言うと、瞬太を押しのけるようにして陰陽屋へ入っていった。

どうやら瞬太はまた、小さな地雷を踏んでしまったらしい。

ほうきを握ったまま、急いで、ご機嫌ななめな二人の後を追う。

双子の話を聞いて、祥明は、なるほど卒論か、と、うなずいた。

「で、そう言う君たちはもう卒論を提出したのか？」

「僕たちは卒論は書かないでいいんだ。かわりに単位を多めにとったから。絶対にその方が楽だし」

「ふむ」

「じゃあ彼女さんたちが卒論を書き終わったら、あらためて初詣に誘えばいいんじゃないのかな。〆切っていつなの？」

　瞬太はお茶をだしながら尋ねた。今日のお茶は、あえて、ぬるめにしてある。

「一月末さ。もう初詣のシーズンじゃないよ」

「やっと運命の女性《ひと》に出会えたと思ったのに、人生ってままならないことばっかりだね」

　双子はなげやりな様子で答え、同時に大きなため息をつく。

「残念だが、この件は卒論が終わるまで凍結だな」

　祥明は閉じた扇を、器用に指先でくるくるまわした。

　口では「残念だが」と言っているが、内心やれやれと思っているのが、態度からまるわかりだ。

「そんなこと言わないで、なんとかしてやれよ」

　ふてくされている傷心男子たちにかわって、瞬太は祥明に頼む。

「無茶言うな。会ったこともない女性二人の気持ちをどうやって推察しろというんだ。そもそも……」

　祥明がまゆを片方つり上げて、反論しようとした時、瞬太は三角の耳をピンとそばだてた。階段をおりてくる力強い靴音が聞こえてきたのだ。

十

「この靴音は」

瞬太は黄色の提灯をつかみ、急いで店の入り口にむかう。だが、瞬太がノブをつかむ前に、さっとドアがあいた。

目の前に立っていたのは、双子の妹の倉橋怜だ。今日は部活があるのか、飛鳥高校の制服を着ている。

「やっぱりいた！」

瞬太の肩越しに店内をのぞきこむと、倉橋は大声をあげた。

「兄さんたち、こんなところで遊んでないで、店番やりなさいよ！」

よく通る声で、双子を怒鳴りつける。

「く、倉橋？」

面食らう瞬太に、倉橋はこんにちはの一言もなく、テーブル席の兄たちにむかってずかずか歩みよった。

「二日連続で店番をサボるってどういうつもり!?　大晦日に店番ができないかわりに、正月明けはまかせろって言ったのは、自分たちでしょ！」

　これは激怒している。

　無理もない。

　そもそも双子が大晦日の店番を拒否したせいで、あやうく倉橋は狐の行列に参加できないところだったのだ。

　結局、祥明の仲介で、きものの森川の若女将《わかおかみ》が、倉橋スポーツ用品店の店先で和風小物を販売するついでに、狐のタオルと手ぬぐいも販売してくれることになったため、倉橋は狐の行列に参加できたのである。

　これで一件落着したはずだったのだが、どうやら双子が昨日、今日と、二日連続で店番をサボったことで、倉橋の怒り《いか》が爆発したらしい。

　もともと倉橋怜はきりりとした容貌の美少女だが、柳眉《りゅうび》を逆立てた憤怒《ふんぬ》の形相《ぎょうそう》はおそろしい迫力がある。特にすごいのは目力《めぢから》だ。

　さすがは全国でも屈指の女子高生剣士。

もしこんな顔ですごまれたのが瞬太だったら、腰をぬかしてしまうかもしれない。

だが兄たちは慣れっこらしくて、平然としている。

「店番の気分じゃないんだよ」

耀刃はこめかみに人差し指をあて、目を伏せて、アンニュイにつぶやいた。

この態度が妹の怒りに油をそそいだのは言うまでもない。

瞬太は大急ぎで、湯吞みをお盆にもどしはじめた。

「はあ、気分⁉　大晦日に兄さんたちが店番サボってデートに行っちゃったせいで、みんなにどれだけ迷惑かけたかわかってるの⁉　甘ったれたこと言ってないで、さっさと家に戻って！」

倉橋はテーブルをバン！とたたく。

危ないところだったな、と、お盆を抱えた瞬太はほっとした。

倉橋家は兄も妹もテーブルを激しくたたきすぎだ。

「おまえみたいなガサツな野蛮人に、僕たちの繊細な心情は理解できないのさ」

「繊細？　ふられた女のことを未練がましくうだうだ言ってるだけでしょ」

倉橋は腕組みして、冷ややかに兄たちを見おろした。

しかし双子はまったく動じない。

「まだふられてないよ」

「そうだよ。そもそもプロポーズしてないんだから」

倉橋は、フン、と鼻をならす。

「そもそも兄さんたち、本当に彼女いたの？　脳内彼女と妄想デートしたんじゃなくて？」

過去形なのはもちろんわざとだ。

「なんだと、失敬な！」

「これが証拠だ！」

晶矢は携帯電話の画像を妹の鼻先につきつけた。

十一

「日付を見ろ！　ちゃんと十二月三十一日になっている。デートした証拠だ」

「ふーん」

倉橋は疑わしそうな目つきで、晶矢が見せた画像を確認していく。

瞬太も横からのぞきこんだが、かわいらしい女性の双子だった。

顔立ちはよく似ているが、髪型や服装はちょっとずつ違う。二人ともふんわりした、かわいいニットのワンピースで、その上に白いウールのショートケープをはおっている。ワンピースは色違いで、一人がピンク、もう一人はクリーム色だ。

「ほんとだ、かわいい」

瞬太がつぶやくと、耀刃の目がキラッと光る。

「僕のも見る?」

ここぞとばかり耀刃も携帯電話をとりだす。

瞬太は二人あわせて五十枚以上のデート写真を見るはめになったのだが、昨日聞いたとおり、最初の画像はレストランで、その後はいくつかのアトラクションやパレードの前で撮影されたものだった。

「どうだ、これで納得しただろう。彼女たちはちゃんと実在する。そして僕たちはまちがいなく大晦日の夜、デートしたんだ」

「ちなみに僕の彼女がこっちのピンクの服のさっちゃんで、晶矢が付き合ってるのがクリーム色の服のしいちゃんだ」

「こんなラブラブな写真、君たちには目の毒だったかな、はっはっはっ」

双子は、ざまあみろ、と、言わんばかりに自慢する。

「でもふられたから毎日陰陽屋に来てるんでしょ？　店長さんに祈禱《きとう》でもお願いしたの？　それとも占い？　まさかふられた腹いせに、呪《のろ》ってもらうつもりじゃないでしょうね」

「まだふられてないから！」

「そもそもプロポーズしてないし！」

双子はむきになって反論した。

初詣の誘いを断られたことは黙っていることにしたらしい。

「あそ。なんでもいいからさっさと店番に戻って。あたしこれから部活だから」

「いや待て。占いか。それは忘れていたな」

「そういえば店長さん、占いもできるんだっけ」

「陰陽屋を何だと思ってたんだ」

さすがに祥明もあきれ顔である。

「今日はタロット持ってないんだけど、何かおすすめの恋占いってある？　彼女たちは乙女座のA型で僕たちは……」

「彼女たちの出身地は生まれも育ちも東京だよ」

「ならば占う必要はない」

祥明は扇をスッとひらくと、意地の悪い笑みを口もとにきざんだ。

「彼女たちとの結婚は不可能だ」

「ええっ⁉」

「なんでだよ！」

双子たちは仰天《ぎょうてん》して叫んだ。

「これでは彼女たちが帰ると言いだすのも無理はない」

祥明は扇を閉じると、二人の携帯電話をトントンとつついた。

「どういう意味？　手相でもうつってた？」

取り乱す兄たちと違い、妹は興味深そうに目をきらめかせる。

「最初はレストランだから良かったんだ。だが屋外のアトラクションやパレードの時、かわいさ重視でワンピースにケープという格好で来た彼女たちには、深夜の寒さが耐えられなくなったんだろう。メイクをしているにもかかわらず、だんだん顔が蒼ざめていっているのがわかる」

祥明に言われて、双子と倉橋、そして瞬太はもう一度、携帯電話の画像を見直した。

順番に見ていくと気がつかないが、最初と最後だけをくらべると、たしかに唇の色が違う。笑顔も微妙にさえない。

「ほんとだ。よく気がついたな」

祥明に言われるまで、瞬太には全然わからなかった。

これが元ナンバーワンホストの観察眼なのか。

「こんな薄着だ。いくら服の下に使い捨てカイロを貼っていたとしても、寒くないはずがない。北国出身でとてつもなく寒さに強いというのなら話は別だがな」

「屋内のアトラクションだってあるのに、どうして屋外に行ったの？」

「屋内のにも行ったよ！　ただ、行列が外まで続いていて……」

妹に冷たい声で尋ねられ、晶矢は言いよどむ。

「そうこうしているうちに、だんだん彼女たちの表情がひきつってきた。さしずめ冷え、でお腹の調子が悪くなったというところか。だがこの混雑だ。トイレだって列ができてたんだろうな」

祥明の推理に、双子はようやく自分たちの失態を悟ったようだった。

十二

双子は助けを求めるように、うろうろと視線をさまよわせた。

「覚えてない……けど、女子トイレはそうだったかも……」

「で、彼女たちのどちらかのお腹がゴロゴロいいだして、にっちもさっちもいかない状況にならないうちに、暖かい電車に逃げ込むことにしたのね。気がきかない兄さんたちを振りきって」

妹は兄たちに容赦がない。

「それで彼女たちは、花火を待たずに、さっさと帰っちゃったのか！」

最後に事情を理解したのは、瞬太だった。

そんなとんでもない緊急事態では、始発どころか、花火だって待っていられるはずがない。

「言ってくれればアトラクションめぐりはやめて、カフェにでも行ったのに」

なんで言わないんだよ、と、耀刃はぼやいた。

「デート中に言えないでしょ、お腹がゴロゴロで痛いなんて」

あたしだったら言うけど、と、倉橋は肩をすくめる。

「まあでもあれだ、おれたちが何かやらかして嫌われたわけじゃないってことだ」

「うんうん、すべては寒さのせいだもんな」

双子は胸をなでおろした。

だが。

「いや、彼女たちの不調に気づかなかった時点で、好感度はどん底までさがったと思って間違いない。あきらめろ」

祥明の容赦ない宣告に、双子は不満げな顔をする。

「そんなの言ってくれないとわからないよ。エスパーじゃないんだからさ。しかも彼女たち、ずっと楽しそうに笑ってたし」

「僕たちだって、プロポーズのタイミングとか、場所とか、いろいろいっぱいいっぱいだったんだ」

双子の言い訳に、瞬太も、そうだよな、と、うなずきそうになった。

「もしあたしだったら、春菜が寒そうな格好で待ち合わせ場所に来た段階で、自分のコートを貸すけど」

「うっ」

「そもそも君たちは自分たちのプランを完璧に実現することばかりに気をとられて、相手のことをちゃんと見ていないし、気配りもできない。それがばれてしまい、彼女たちの心はすっかり君たちからはなれてしまった。その証拠に、初詣も断られてしまっただろう？　今さら占いなどしても何の意味もない」

「そつろ……」

卒論が、と、反論しようとした耀刃の腕を、晶矢がひっぱった。

「無駄だ、耀刃」

「今度こそ……運命の出会いだと思ったのに……」

きっぱりと祥明に宣告され、二人は今にも気絶しそうな様子である。

「はいはい、一件落着。さっさと店番に行く！」

倉橋は容赦なく兄たちを追い立てた。

二人は長い足をひきずるようにして、のろのろと店の入り口にむかう。

「邪魔したわね」

倉橋は右手をあげると、黒いドアを閉めた。

階段をのぼっていく重い靴音の響きに、瞬太は少し気の毒になった。

「言われないとわからないことってあるよね……。特に女の子の気持ちは、おれにもさっぱりわからないよ」

「いくらおまえが鈍くても、顔色くらいはわかるだろう。大晦日の夜は放射冷却で底冷えがする寒さだったし、鳥肌もたっていたかもしれん」

「顔色かぁ」

「おれもホストになりたての頃、雅人《まさと》さんによく言われたよ。女性はたとえ相手がホストでも、遠慮して本音を語らないことが多いから、顔色やしぐさをよく観察しろって。新人が気のきいたトークでお客さんを楽しませようとしても、空《から》まわりになりがちだから、まずは相手が汗をかいたり、寒そうだったり、体調に問題はないかに気をつけろとな。中には飲み過ぎで吐きそうになる子もいるし」

「そういうことか」

瞬太は素直に感心した。

さすがは元ナンバーワンホストにして祥明の師匠の雅人だ。アドバイスが具体的でわかりやすい。

倉橋の兄たちにも聞かせてやりたかった。

「おまえだって手相占いの時に、てのひらの色やかさつきから、相手の体調を察することがあるだろう？　それと同じだ」

たしかに生命線なんか見ないでも、爪だけで貧血や胃腸の不調がわかることがある。

爪の下の皮膚の色が白っぽければ貧血、逆に赤味が強すぎると高血圧。若いのに爪の縦筋が多い人は、ストレスをかかえているか、胃腸が弱っていることが多い。

「本当はお客さんが何もかも正直に打ち明けてくれれば楽なんだが、なかなかそうはいかないものさ。女の子の気持ちを理解したければ、まずは真剣に相手を観察しろ。ぼーっと見とれているだけじゃだめだ」

祥明ではなく雅人の教えだと思うと、ありがたさ倍増である。

瞬太は真剣な面持ちで、雅人の言葉を心に刻んだ。

「ところで倉橋の兄さんたち、一所懸命謝れば、彼女さんたちとやり直せたりはしないのかな?」

「おまえと同じことを考えて、しつこく謝りに通ったりしたら確実に命とりだ。論文執筆の妨害をされるほどイラつくことはないからな」

かつて修論を母に台無しにされるという悪夢を経験した祥明の言葉には、重く苦い実感がこもっていたのであった。

十三

瞬太は、休憩室の小さな流しで湯呑みを洗いながら、ほっとする。

今日はひっくり返されずにすんでよかった。

これで年末から続いてきた倉橋家の一連の騒動もようやく一段落だ。

高校を卒業できるかどうかは、学年末テストにかかっている。

卒業後の就職先も決まっていないのだが、そもそも卒業できない可能性がまあまあ高い現状で、就活をしても仕方がない。

さらに言えば、卒業するまでは沢崎家で暮らすことに決めているのだが、その先は未定である。

化けギツネである自分は、周囲の人よりも成長スピードが遅いのだ。いつまでも若い姿のままの自分がぐずぐず居座ったら、みどりと吾郎が、奇異の目で見られてしまう。

生みの母である呉羽と一緒に暮らすという選択肢もあるのだが、十八年になるまでずっと別々に生きてきた母とのつながりはまったく想像できない。

一人暮らしをするとなると、就職して家賃と生活費をかせぐ必要がある。

結局はどれも卒業が決まるまで棚上げだ。

いや、一つだけ、先に決断すべきことがあった。

「あとはこれか……」

瞬太は童水干のたもとから、恒晴の名刺をとりだした。

恒晴にメールをだすかどうか、いまだに決心がつかないのだ。

何度このメールアドレスを眺めながらため息をついたことか。

ところが。

「消えてる⁉」

瞬太は思わず、大声をはりあげた。

たしかに恒晴のメールアドレスが書かれていたはずなのに、消えていたのだ。

表も裏も、何も書かれていない。

「どうした？」

瞬太が妙な声をあげたので、不審に思った祥明が店内から声をかけた。

「見てくれよ、この紙！」

瞬太はテーブル席までぱたぱたと走り、文字が消えた名刺を祥明に見せる。

「恒晴のメールアドレスが書かれていたはずなのに、今見たら消えてたんだ！

ひょっとして化けギツネの妖術かな⁉」

「そんな妖術、聞いたことないぞ」

興奮して尻尾をぶわっとふくらませている瞬太と違い、祥明は冷静である。

「キツネ君の勘違いじゃないのか？」

「そんなはずないよ。狐の行列でもらった後、何度も見たんだから」

「もらった？　誰から」

「気がついたら袖に入ってたんだ。たぶん恒晴が入れていったんだと思う。恒晴の二オイが残ってたし」

「つまり狐の行列に、あの助手が来ていたということか」

銀縁《ぎんぶち》眼鏡ごしに冷ややかな眼差しをそそがれ、瞬太はようやく自分の失敗に気づいた。

恒晴と会ったことは、まだ祥明には話していなかったのだ。

「べっ、別に秘密にしていたわけじゃないよ。ほら、王子稲荷の境内で、祥明は倉橋のお兄さんたちにひっぱっていかれたから、たまたま二人で話をすることになっちゃったけど、ほんの一瞬だったし」

「ほう」

祥明はテーブルに頬杖をつくと、指貫をはいた長い脚を優雅に組みかえた。

「で、何の話をしたんだ？」

「いや、それが、二人でどこか静かなところへ行こうって誘われたんだけど、結局はぐれちゃったんだ」

「ふむ。で、メールアドレスが袖に入っていたと」

「うん。あいつにはいろいろ聞きたいこともあるし、会いたい気もするんだけど……」

「ふーん」

祥明はくだんの小さな紙を蠟燭の灯りにかざしてみた。裏側も確認するが、すかしなども入っていない。ただの長方形の紙切れである。

「何度も見たと言っていたな。メールアドレスを覚えていないのか」

「えっ、だって、けっこう長かったし」

「では、あきらめるしかないな。肝心のメールアドレスが消えてしまったのでは、連絡のとりようもないだろう」

「そうだよね……」

「そんなことより、おまえは卒業のことだけを考えろ。英語の教科書、休憩室に置きっぱなしだったぞ」

「あれ、そうだっけ」

「さては正月休みの間、全然勉強しなかったな。このままだと、みどりさんと吾郎さんを泣かせることになるぞ」

「うっ」

さすが祥明。

痛いところを容赦なくついてくる。

「余計なことを考えている暇があったら、学年末テストに全力をつくせ」

「わかってるってば」

瞬太は三角の耳をしょんぼりと下にむけて、机にむかったのであった。

十四

夜八時すぎ。

祥明は蠟燭を吹き消すと、一人で休憩室に戻った。

瞬太は、さきほど、寒さに首をすくめながら、軽やかな足取りで階段をあがっていった。

沢崎家では、吾郎が、美味《おい》しい晩ご飯を用意して待っていてくれるのだろう。

自分も着替えて、晩飯に行くことにしよう。寒いし、近くてうまい上海亭のラーメンにするか。

それにしてもまさか、狐の行列の人混みにまぎれて、恒晴が瞬太に接触していたとは思わなかった。

メールアドレスを着物のたもとに入れていくなんて、なかなか古風なナンパだが、残念ながら今回は不発に終わったな。

とはいえ、これであきらめるとも思えない。

瞬太から連絡がなければ、じれて、もう一度接触してくるだろう。

恒晴と会ってどうするかは、瞬太が決めることで、祥明があれこれ干渉することではないが。

祥明はつやつやした紫のシャツに袖を通そうとして、ふと手をとめた。

そういえば、このシャツをくれた雅人に、「従業員の面倒をちゃんとみろ」と叱られたのだった。

あれは去年の夏、瞬太がいなくなった時のことだ。

もう祥明はクラブドルチェをやめて久しいのだが、路頭に迷っていた時に拾ってもらい、かつ、接客の心得を基礎からたたきこんでくれた雅人には、いまだに頭があがらない。

雅人は押しが強いというか、有無を言わせぬところがあるし、何より、たいてい雅人の言うことは正しいのだ。

このまま瞬太を放っておけば、また何かとんでもない事態をひきおこしかねない。瞬太のためだと思うと面倒臭いが、早めに事態を収拾することが、結局、自分のためでもある。

祥明は枕の上に置きっぱなしになっていた携帯電話を拾いあげると、アドレス帳をひらいた。

十五

葛城が祥明に折り返しの電話をかけてきたのは、日付がかわった頃だった。

まだクラブドルチェの営業時間中だが、さすがに正月が明けたばかりで、客も少ないのだろう。

「瞬太さんのことでお話とは何でしょう?」

「亡くなったお兄さんの友人だったという恒晴さんが、狐の行列の時、キツネ君の前にあらわれたそうです」

「恒晴さんが⁉　今さらどういうつもりでしょう」

「私もそれが気になります。呉羽さんの話では、恒晴さんはもともと、キツネ君を手に入れようとしていたとか」

狐火をだすくらいしか能の無い現状からは想像もつかないことだが、なんと沢崎瞬太は、強力な妖狐《ようこ》の血統だという。

たしかに瞬太の大伯母《おおおば》にあたる月村颯子《つきむらさつこ》は、霊感がまったくない人間でさえも圧倒されるような、ただならぬ気配をまとっている。

呉羽は恒晴の真の目的が瞬太であることに気づき、急いで逃げだしたのだと言っていた。

「呉羽さんが逃げだしてから、もうすぐ十八年がたちますが、恒晴さんはまだ、キツネ君をあきらめていないということでしょうか？」

「その可能性はあります。私たち妖狐は人間よりも寿命が長い。おそらく人間にとっての十八年は、とても長い期間なのでしょうが、私たちにとっては、それほどでもありません」

なるほど、それで葛城さんは、しばしば、何ヶ月も欠勤してしまうんですね、と、祥明は心の中でつっこんだ。

「しかし、キツネ君をさらっていこうと目論《もくろ》んでいるのなら、何もあんなに大勢の人がいる場所で声をかけないでも、高校やうちの店への行き帰りにいくらでもチャンスはありますよね？　集団登校をしている小学生じゃないんですから」

「そう言われると、瞬太さんが心配になってきました。今日はちゃんと一人で家に帰れたのでしょうか？」

「ちゃんと帰ってますよ」

万一瞬太の帰宅が遅れたりしようものなら、あの過保護な沢崎夫妻が連絡してこないはずはない。

「そうですか……。でも心配です。明日から私が瞬太さんの護衛をしますね」

葛城の叔父ばか丸だしの宣言に、祥明はあっけにとられた。

葛城とはクラブドルチェでホストをしていた頃からの付き合いだが、まさかここまで子煩悩《こぼんのう》、ならぬ、甥《おい》煩悩になろうとは。

「それはつまり一緒に登下校するということですか？」

「はい。朝八時に瞬太さんの家まで迎えに行きます」

「それはちょっと……。高校生にもなって保護者が登下校につきそうというのは、かなり目立ちますから、本人が嫌がると思います」

「えっ、そういうものなのですか？　では、瞬太さんに気づかれないよう、少し離れたところから見守らせていただきます」

「それはそれで不審者にしか見えないので、やめた方が。場合によっては、通報されるかもしれません」

「不審者……」

　葛城は悲しげな声で、うめくように言った。

「すみません。こういうご時世ですから。それに夜、キツネ君が帰宅するのは八時すぎなので、葛城さんはクラブドルチェで仕事中ですよね？」

「雅人さんにお願いして、夜九時からの出勤にしてもらいます。だめなら辞めます」

「私が雅人さんに叱られるので勘弁してください」

「そんなことはないと思いますが……」

　葛城は未練がましく言う。

　だがこれまで、葛城がぷらっといなくなるたびに雅人が苦労していたのをよく知っている身としては、とても賛同できない。

なんとか思いとどまらせなくては。

「もし恒晴さんがその気になれば、これまでいくらでもキツネ君に接触するチャンスはあったはずです。そうしないで、あえてメールアドレスだけ渡して、キツネ君から連絡してくるようにしむけたのには、何かしら理由があるはずです」

そもそも瞬太の聴覚や嗅覚に気づかれないように何百メートルも離れて見守ったとしたら、いざという時に間に合わないのではないだろうか。

もしかしたら恒晴も、瞬太に感知されないよう、わざと人混みにまぎれて近づいたのかもしれない。

「このまま放っておけば、また、キツネ君がうっかり、何かややこしい事態をひきおこすかもしれません。その前にこちらから恒晴さんに直接連絡をとりたいのですが、彼の居所をご存じありませんか?」

「京都だということはわかっていますが、詳しい住所までは。例の温泉宿で見つけた写真について、私も恒晴さんにききたいのですが、結局まだ連絡はとれていません」

「では誰か連絡先を知っていそうな人に心当たりは?」

「残念ながら……」

葛城は暗い声で、申し訳なさそうに答える。

まえから感じていたことだが、どうも化けギツネ同士というのは、お互いに干渉したり、助け合ったりしないライフスタイルが基本のようだ。

恒晴のもとから逃げてきた呉羽はもちろんのこと、何もかもが謎めいた存在である月村颯子にも、尋ねるだけ無駄だろう。

ここはやはり、人間をあてにするしかないのか。

「どうしましょう。やはり陰ながら護衛を……」

「大丈夫です。他に一人だけ、恒晴さんの連絡先を知っていそうな人がいますから」

「そうですか」

ようやく葛城はほっとして、ひきさがってくれた。

「それにしても、どうして瞬太さんは恒晴さんと会ったことを私に話してくれないのでしょう。毎週、電話をしているのに。毎日顔をあわせているショウさんの方が頼りになるのはわかりますが、まだ叔父として信頼されていないのでしょうか」

「親しい人として認識しているからこそ、心配をかけたくないという、キツネ君なりの気配りですよ」

「それだと、ショウさんには心配をかけてもいい、と、思っているように聞こえますが」

「親しくありませんから」

「きっと甘えているんですね。うらやましいです」

思いもよらぬ葛城の言葉に、祥明は鼻白む。

「気のせいですよ」

祥明は優雅に肩をすくめてみせた。

十六

葛城との通話を終えた後、祥明はタバコを一本吸って、心を落ち着けた。

葛城が恒晴の連絡先を知らないとなると、残るは、あの人しかいない。

昔から苦手な相手だったが、最近、やたらとあちらからからんでくるのは、やはりキツネ君が原因だろうか。

電話をかけるのは気がすすまないので、ＳＮＳのメッセージ機能を使って連絡をとることにした。

便利な時代になったものだ。

と思った十秒後、祥明の携帯電話が着信を知らせてきた。

話したくないからメッセージを送ったのに、結局こうなるのか。だが無視している場合ではない。

「ヨシアキ君、あけましておめでとう。メッセージを読んだよ」

親切そうな笑顔のかげで何かたくらんでいそうな、もったいぶった声。

祥明の母、優貴子《ゆきこ》の従弟《いとこ》で、京都に住む学者の山科春記である。別名を妖怪博士という。

「鈴村恒晴君の連絡先を教えてほしいって書いてあったけど、彼に何の用？」

「言えません」

「じゃあ教えられないな。君が何か不埒《ふらち》な下心で、鈴村君への接近をはかっていたら困るし」

「は？」

子供じゃないんだから、ぐだぐだ言ってないでさっさと教えろ、と、怒鳴りたいのをぐっと我慢する。

「君と鈴村君の間に何があったの？」

「……春記さん」

「君の困り顔、ならぬ、困り声も素敵だね」

無駄に甘いトーンで、春記はささやく。

「逆です。鈴村君の方がうちのアルバイトに接近してきたんです」

「瞬太君に？　どういうことかな？」

「王子で毎年、狐の行列という年越しの行事が開催されるのですが、その行列のゴールである王子稲荷神社の境内に鈴村君があらわれたんです」

「おや、鈴村君は東京で新年を迎えたのか」

「ご存じなかったんですか？　もしや春記さんのさしがねかと思っていたのですが」

祥明と春記はお互いの腹のうちを慎重にさぐりあう。

「僕がそんなことをするわけないだろう。瞬太君に用があれば、自分で会いに行くよ」

「それはそうでしょうね。では鈴村君は春記さんに内緒で、こっそりキツネ君に会いに来たというわけですか」

「内緒で、こっそり、とはまた気になる言い方だね。彼も妖怪学を研究しているから、たまたま狐の行列を観光して、知った顔を見かけ、声をかけただけじゃないの？」

「あくまで偶然だと？」

「わざわざ待ちぶせする理由はないだろう？　もし瞬太君に恋こがれているとしても、陰陽屋へ行けばいつでも会えるんだから」

どうやら春記は、瞬太と恒晴の因縁《いんねん》については何も知らないようだった。

「たしかに偶然かもしれません。ただ、うちのそこつなアルバイトが鈴村君のメールアドレスが書かれた紙に熱いお茶をかけて読めなくしてしまったんですよ。それで春記さんならご存じかと思ったんです」

「熱いお茶？　コーヒーならともかくお茶をかけたくらいで文字が読めなくなることなんてあるのかな」

「そういう特殊なボールペンがあるんですよ」

要するに消しゴムで文字を消せるボールペンのことである。

熱によって消えるインクを使っているので、こすって摩擦熱をおこす以外にも、熱々の飲み物をかける他、ヒーターの上や真夏の自動車内に置きっぱなしにしておくと、文字が消えてしまうことがあるのだ。

瞬太が口走っていたような妖術のたぐいではない。

実は、加熱により消えてしまった文字を復活させる方法も、祥明は知っている。

だが、卒業できるかどうかの崖っぷちに追いつめられているこのタイミングで、恒晴から余計なことをふきこまれるのは避けたい。

なにせ瞬太は、混乱したら、すぐに逃げ出してしまう困った性格なのである。

恒晴が何を目論んでいるのか、その意図がはっきりするまでは、会わせるわけにはいかない。

「瞬太君のためならしかたないね。後で鈴村君のメールアドレスを送っておこう」

「お願いします。ちなみに鈴村君はずっと春記さんのゼミで妖怪学を勉強してるんですか？」

「いや、うちのゼミ、というか、大学院は去年の春からだ。よその大学の卒業生だからね。それがどうかした？」

「秋に春記さんが荷物持ち要員で東京に連れてきていたから、一番のお気に入りなのかと思ったのですが」

「あの時は、本人が一緒に行きたいと立候補したんだ。上野の博物館で、気になる所蔵品が期間限定で展示される、とか言ってたかな。実際彼は気がきくし、うちの両親もたいそう気に入っていたよ。だが瞬太君にメールアドレスを渡したというのは、気になるな。瞬太君の正体に勘づいているのかもしれない」

しらばっくれるつもりで、正体って何のことですか、などとうかつなことを言おうものなら、かえって泥沼にはまる危険がある。

何せ瞬太は夏休みの間じゅう、山科家に居候していたのだ。

動かぬ証拠を握られていても何の不思議もない。祥明は最後の一文は聞かなかったことにした。

「大学の冬休みはあと十日ほどですか？　研究室に彼がでてきたら、どういうつもりでキツネ君にメールアドレスを渡したのか、それとなく尋ねていただきたいのですが」

「いいよ。他ならぬヨシアキ君の頼みだからね」

春記はたいそうご機嫌で、快諾したのであった。

第二話

猫の幸福学

一

短かった冬休みはあっという間に終わり、三学期がはじまった。

ここのところ東京はほぼ毎日、冬晴れが続いている。すっかり葉が落ちてしまったイチョウの枝を、乾いた北風が揺らす。

センター試験まであと十日をきり、都立飛鳥《あすか》高校三年二組の教室にも、静かな緊張感がただよっている。

瞬太《しゅんた》をのぞいて。

「沢崎《さわざき》、お昼だよ」

高坂《こうさか》に声をかけられて、瞬太ははっとした。

「あれ、もう四時間目の授業終わった？」

「うん。もしかして目をあけたまま寝てたの？」

「ちょっとうとうとしかけてたかも。なんか……窓ガラスごしの冬の陽射《ひざ》しって、やわらかくて、あったかくて、最高に気持ちいいんだよね。背中なんかぽかぽかでさ」

瞬太は、うーん、と、両手を天井にむかって伸ばすと、弁当を持って立ち上がった。

「沢崎、ちょっとは気をつかえよ。委員長は来週、いよいよセンター試験なんだから」

岡島《おかじま》の指摘に瞬太ははっとした。

「そうか、委員長も受けるんだっけ！　いつもと変わらないから忘れてた。もしかして徹夜で勉強とかしてるの？」

すぐそばでうたた寝なんかしてごめん、と、瞬太は恐縮する。

「ちゃんと寝てるから大丈夫だよ。気なんかつかわないで」

高坂は笑うと、立ち上がった。

瞬太、高坂、岡島、江本《えもと》のいつもの四人で食堂にむかう。

瞬太が弁当をあけると、今日の青魚はサバの西京焼《さいきょうや》きだった。まだまだ吾郎《ごろう》はDHA作戦を継続中なのだ。そのまわりにチーズの燻製《くんせい》、カボチャ、ブロッコリー、プチトマトなどが彩《いろど》りあざやかに詰められている。

チーズの燻製は、正月休みにつくった自家製だ。

「おまえの父さん、本当に弁当つくるのうまくなったよなぁ」

江本が生姜焼《しょうがや》き定食をのせたトレーをテーブルに置きながら言った。

高坂と岡島はラーメンだ。

「食堂のラーメンはあいかわらずビミョウなままだな。卒業までに、あと一回でいいから、山田《やまだ》さんの職人ラーメンを食べたかったぜ。明日はカレーにするか」

岡島はため息をついた。

「さすらいのラーメン職人山田さん」とよばれていた月村佳流穂《つきむらかるほ》は、あいかわらず行方《ゆくえ》知れずのままだ。

実は佳流穂は化けギツネで、しかも、瞬太の母親である葵《あおい》の呉羽《くれは》の従姉《いとこ》であることが、去年になってわかった。

なんでも陰《かげ》ながら瞬太を見守るために、山田という偽名を使って、飛鳥高校の食堂で働いていたというから驚きである。

佳流穂の母親の月村颯子《さつこ》も、キャスリーンと名乗ってハワイで旅行ガイドをしていたから、別名で働くのが月村家の流儀なのかもしれない。

とはいえ、佳流穂に「私が母親よ」と陰陽屋で宣言されて驚愕《きょうがく》し、パニックになった時の記憶が、瞬太にはまだはっきり残っている。

瞬太としては、できれば佳流穂とはもうしばらく顔を合わせたくないのだが、岡島のためには飛鳥高校の食堂に戻ってきてほしい気もするし、複雑な心境だ。

「春菜《はるな》、そのサンドウィッチまずいの？」

「ううん、そんなことないんだけど……」

隣のテーブルで、倉橋《くらはし》が三井《みつい》に声をかけているのが聞こえてきた。

三井は両手で持ったサンドウィッチを、困ったような顔でながめている。てっぺんをひとくちかじったきりだ。

「食欲ない？」

「うん……」

三井はこくりとうなずいた。

「サンドウィッチなら食べられるかと思ったんだけど……」

弱々しい、か細い声だ。

よく見ると、うっすらとだが、目の下にくまがうかんでいる。夜あまり眠れていないのかもしれない。

「まだセンター試験まで一週間以上あるんだから、食べないと身体《からだ》がもたないよ。そういう時はゼリーとか、アイスクリームとか、口あたりがよくてカロリーとれるものがいいってうちの師範が言ってた」

倉橋が心配そうに、三井の左手に自分の右手をかさねる。

「怜《れい》ちゃんでもプレッシャーで食欲がなくなることってあるの？」

「いや、あたしの食欲がおちたのは、ものすごくお腹が痛くなった時。ただの食べ過ぎだったんだけど」

「さすが怜ちゃん」

三井はおかしそうに笑った。

ふんわりとした茶色い髪がゆれると、シャンプーの甘い香りがひろがり、瞬太の鼻をくすぐる。

「あたしね、パパの反対をおしきって美大受けるって自分で言いだしたのに、いざとなったらなんだか怖くなっちゃって。落ちた時はどんな顔をしたらいいのかなとか、余計なことばっかりぐるぐる考えちゃうの。どうしてこんなに気が小さいんだろうって、自分でも嫌になっちゃう」

「それだけ本気で行きたい大学だからじゃない？」

「そうなのかな……」

「とにかく、倒れたら元も子もないから、食欲ゼロでもお腹に入れる」

「うん。そうだよね」

大丈夫、がんばる、と、三井は倉橋にむかって微笑《ほほえ》むと、サンドウィッチをひとくちかじって、牛乳で流し込んだ。

瞬太はなんだか、自分まで胸が苦しくなったような気になってしまう。

「大学受験って、大変なんだな……」

瞬太がつぶやくと、岡島はブッとラーメンをふきだしそうになった。

江本は瞬太の視線の先をおいかけ、ああ、と納得する。

「三井、ちょっとやせたよな」

「うん」

「なんだ、三井か。おれたちのことを心配してくれてるのかと焦ったぜ」

岡島が額《ひたい》の汗をぬぐう仕草をした。

「お、岡島のことも、委員長のことも、心配してるよ」

「いいよ、別に」

高坂は苦笑《にがわら》いをうかべる。

「三井の心配をする前に、おまえは自分の卒業の心配をしろ」

「岡島も祥明《しょうめい》みたいなことを言うんだな」

「みんなそう思ってるって」

江本が、ポン、と、瞬太の肩に手を置く。

「むしろ三井に心配をかけないためにも、ちゃんと勉強した方がいいんじゃないか」

「うう……」

返す言葉もなく、瞬太は肩をおとす。

「いいねぇ、卒業できるかどうかなんて、普通ではありえない低レベルの問題で悩む余裕があるなんて、実にうらやましいよ」

嫌みたっぷりな声がした方を瞬太がふりむくと、同級生の浅田《あさだ》真哉《しんや》が、くるくると縮れた前髪に指をからめ、おおげさに肩をすくめて立っていた。

「僕なんて、寝不足と心労のあまり倒れてしまいそうだよ。センター試験の後も、ほぼ毎週、入試が続くからね」

わざとふらりと椅子《いす》に倒れかかってみせる。

「浅田は一人で何をやってるんだ?」

瞬太は声をひそめて江本に尋ねた。

「しっ、目をあわせちゃだめだ。えんえん忙しい自慢を聞かされるぞ」

「またか。文化祭で変なクセがついちゃったな」

「嘘だったら罵倒してやればすむんだけど、本当に倒れそうだから、たちが悪いんだよ」

ちらりと浅田の顔を見ると、たしかに江本が言うとおり、目の下にどす黒いくまが浮いている。かなり追いつめられているようだ。むしろ、自分で自分を追いつめているのかもしれない。

「あいつ、ドMだな。あわれな」

岡島があっさり言い切った。

「おや新聞部の諸君、僕に何か用かな？」

浅田は右手の人さし指に前髪をからめたまま、左手を腰にあて、気どった声で尋ねる。

本人は決めポーズのつもりだろう。

「いや別に」

「頑張れよ」

「倒れないようにな」

「ハンドマッサージしてやろうか？」

「……余計なお世話だ！」

わりと本心からの応援だったのだが、どうも浅田は気分を害したらしく、プンプンしながら食堂をでていったのであった。

二

夜七時すぎ、瞬太が陰陽屋《おんみょうや》の店内ではたきをかけていると、初めての女性客が二人あらわれた。

「あらあら、江美子《えみこ》さんから聞いていたけど、本当にかわいい耳と尻尾《しっぽ》をつけているのね！　それに陰陽師《おんみょうじ》さんはすっごくハンサム」

祥明と瞬太を見て、いきなり感想を話しはじめたのは、六十歳くらいの、大柄《おおがら》でがっちりした体型の女性である。

「江美子さんというと、上海亭《シャンハイてい》の？」

「そう、上海亭の江美子さんが、陰陽屋さんの占いはすごくあたるから、絶対行った方がいいってすすめてくれたのよ。あたしは王子《おうじ》小学校の近くで、かるがもハウジングっていう不動産屋を夫と営んでいる、大下寿美代《おおしたすみよ》っていいます」

寿美代ははきはきと自己紹介をした。

えんじ色のスーツにタートルネックのセーター、ロングブーツという服装からして、仕事帰りだろう。化粧がやや濃いが、まあまあ美人だ。

瞬太は直接話したことはないが、階段の掃除をしていると、たまに見かけることがある。

「こちらは娘の真波《まなみ》です」

「こんばんは」

母に紹介され、大下真波は小さな声でぽそりと言った。

年齢は三十代の半ばくらいだろうか。

色白の顔には化粧っ気《け》がまったくなく、長い黒髪を首の後ろでたばねている。ほっそりときゃしゃな身体に、グレーのもったりしたニットチュニックに黒のコーデュロイパンツという格好で、総じて地味だ。

母とは似ていないどころか、真逆の印象をうけるが、鼻の形だけはそっくりである。

祥明はいつもの営業スマイルで、二人をテーブル席に案内した。瞬太は休憩室で、お茶の支度をしながら話を聞く。

「それで今日は、どのような占いをご希望ですか？」

「猫のことを占ってもらいたいんだけど」

「猫？」

寿美代のリクエストを聞いて、祥明の声に、ほんの少し警戒が混じる。

「もしかして、飼い猫がいなくなったのでしょうか？」

猫や犬を捜してほしいという依頼が、年に何度か陰陽屋にまいこむのだ。

たしかに陰陽屋のお品書きには、失《う》せ物《もの》さがしも入っているのだが、どうも世間では、占いもできる便利屋だと思われているふしがある。

「違うわ。猫の吉凶《きつきょう》を占ってほしいのよ」

「猫の吉凶？」

さすがの祥明も、戸惑《とまど》った様子で聞き返した。

「どういうことでしょうか？」

「娘はこの近くのマンションで一人暮らしをしてるんだけど、急に、猫を飼いたいって言いだして困ってるの」

「急にじゃないわ」

　真波が小声で反論する。

「そうだったかしら？　でもとにかく生き物はだめよ。臭《にお》いがつくから不動産の価値を下げるし、鳴き声がお隣とのトラブルのもとだもの」

　瞬太がお盆に湯呑みをのせて行くと、寿美代が不動産屋の観点から、ペットを飼うことの不利益をとくとくと語っているところだった。

　真波はうつむいて、膝の上に置いた両手をぎゅっと握りしめている。

　話の邪魔にならないように、瞬太は横から、そっと湯呑みを置いた。

　寿美代からはローズ系の香水が、真波からは、ちょっとかわったにおいがする。

「でも、マンションの規約で、犬か猫、どっちか一匹なら飼っていいって……。お隣の人も犬を飼ってるし」

　真波は小さな声をしぼりだすようにして言う。

「犬は爪とぎしないだけまだましね。猫は最悪よ。壁のクロスで爪とぎされると、全面張り替えだもの。うちが管理している物件でそんなことされたら、大家さんに申し訳がたたないわ」

「爪とぎは……」

「ちょっと待ってください」

すっかり話が脱線してしまったので、祥明は二人の間に割って入った。

「つまり、真波さんが今借りているマンションで猫を飼うことは、吉か凶か、を占うというご依頼でしょうか？」

「ま、そうね」

寿美代は鷹揚《おうよう》にうなずいた。

どうも寿美代は、猫をあきらめさせるために、強引に娘を連れてきたようだ。

この調子だと、占いの結果が吉とでても、なんだかんだと難癖《なんくせ》つけて反対するのが目に見えている。

真波もそれがわかっているのだろう。

終始言葉少なで、うつむいている。

「それって、占いの結果が吉だったら猫を飼っていいけど、もし凶だったら飼っちゃだめっていうこと?」

「もちろんよ」

「凶でも飼うわ」

瞬太の問いに、母と娘は正反対の答えを口にした。

「だめよ、凶だったらあきらめなさい。こちらの陰陽師さんの占いはすごくあたるって、江美子さんのおすみつきなんだから」

どうやら母と娘が猫問題であまりにもめているので、みかねた江美子が、占いで決着をつけるようにすすめたようだ。

おそらく江美子は、祥明ならなんとかうまく解決してくれると期待して、陰陽屋を教えたのだろう。しかし、これは吉とでても凶とでても、必ずどちらかに恨《うら》まれるパターンではないだろうか。

「陰陽師さんには悪いけど、あたし、占いって信じてないから、吉でも凶でも関係ない。そもそも猫を飼うために、ペット可の物件に引っ越したんだもの」

真波はうつむいたまま、ぼそぼそと、だが、はっきりと決意表明をした。

三

「あきれた！　仕事に集中するために、アトリエとしてマンションの一室を借りるって言うから許したのに、いつの間にか引っ越しちゃったのは、最初から猫を飼うつもりだったのね⁉」

寿美代が声を荒らげる。

真波は、猫を飼うために、かなり周到に計画をねってきたらしい。

「真波さんは、猫を飼うために、わざわざマンションに引っ越したとのことですが、そもそも、大下家で猫を飼うという選択肢はなかったんですか？　どなたかが大の猫嫌いとか？」

「弟が猫毛アレルギーで、クシャミがとまらなくなるんです」

驚いたことに、真波は、チッ、と、舌打ちをした。

おとなしそうな顔に、あいつこそ家からでていけばいいのに、と、書かれている。

「じゃあトイプードルにしたら？　トイプードルは抜け毛が少ないから、動物アレルギーの人でも大丈夫だって聞いた気がするよ」

瞬太がだした妥協案に、寿美代は心が動いたようだ。

「そうね、うちで犬を飼うのなら、大家さんにご迷惑をかけることもないし、まだましかしら」

だが真波の心は一ミリたりとも動かなかったらしい。

「猫がいい」

この一点張りである。

「どうしてそんなに猫にこだわるのよ、犬だっていいでしょ？　いえ、よくはないけど、猫よりましよ。クロスの全面張り替えは、本当に大変だから」

「マンションの規約で飼っていいって決まってるのに、どうしてあたしが、不動産価値のことまで気にしてあげなきゃいけないのかしら？　大家さんはペットのために多めにとっている敷金を使って、修繕すればいいと思うんだけど」

それまでずっと口の重かった真波が、突然、堰《せき》を切ったように語りだして、祥明と瞬太は驚いた。

口調は冷静だが、かなりとげとげしい。

「そもそもお母さんは、不動産屋の姿勢として、もっと公平に賃借人の権利を……」

「まあまあ」

祥明がなんとか話をもどそうとしたが、ヒートアップした二人の耳には入らない。

「そもそも独身女性が猫を飼うと、結婚できなくなるっていうじゃない。絶対に不吉よ！」

「猫と結婚は関係ないでしょ」

真波はうんざりしたように吐きだす。

「あるわよ。あなたがマンションを借りたいって言いだした時も、もしかしてこっそり付き合ってる男の人でもいるのかしらって期待してたのに、実は猫を飼うためだったなんて、がっかりだわ。娘には人並みに結婚して子供を生んで、幸せになってほしいって、ずっと願ってきたのよ。本当にがっかり！」

寿美代は「がっかり」を二回も言った。

娘が自分に内緒で猫を飼う計画をすすめていたことが、よほど腹に据《す》えかねたのだろう。

だがその「がっかり」発言が、今度は真波の怒《いか》りに火をつけてしまったらしい。

それまでずっと冷静に反論していた真波の頬《ほお》が、カッと赤く染まった。

「はあ？　結婚しても幸せになれるとは限らないでしょ⁉　お母さんはこの三十年間ずっと、お父さんと喧嘩してばっかりじゃない。お父さんとお母さんを見ていて、あたし、むしろ結婚しない方が幸せだって確信したんだけど！」

「な……！」

祥明も顔負けの鋭い舌鋒《ぜっぽう》に、寿美代はわなわなと唇を震わせた。

一触即発。

瞬太がとっさにテーブル上の湯呑みをすべて回収し、後ろに跳びすさったのとほぼ同時に、寿美代が右手を振りあげた。

振り下ろされた右手が、真波の頬を直撃しそうになる。

とっさに祥明が扇で受け止めた。

祥明もなかなかやるじゃん、と、瞬太が感心したのもつかのま。

ベキッ、と、にぶい音がして、扇は真っ二つに折れてしまった。

「あっ……」

大晦日《おおみそか》の夜におろしたばかりの桜柄《がら》の扇は、花の季節がくる前に寿命をむかえてしまったのである。

「ご、ごめんなさい、あたし弁償するわ」

寿美代が慌《あわ》てて、バッグから大きな長財布をだした。

「損害保険に賠償特約つけてるもんね」

真波がひややかに言うと、寿美代はかっとしたようににらみ返す。

「保険がおりなくても弁償するわよ。おいくらかしら？」

「弁償はけっこうですから、今日のところはこのへんで。お二人でよく話し合ってから、またいらしてください」

結局その日は占いどころではなくなってしまい、母と娘はむっつりとおしだまったまま、陰陽屋の階段を上がっていった。

二人の靴音が別々の方向に遠ざかっていくのを聞いて、瞬太はため息をつく。

「あんなに激しい母親と娘のバトル、初めて見たよ……。また来ると思う？」

「どうかな。せっかく紹介してくれた江美子さんには申し訳ないが、仮にまた来たとしても、あれでは永遠に平行線だろう」

さすがの祥明も手におえない相談というのがあるのだな、と、瞬太は妙に感心したのであった。

四

翌日の昼休み。

食堂で吾郎の青魚入り弁当を食べたあと、いつも瞬太は、机につっぷして熟睡モードにはいる。

だが今日はそれほど眠気が襲ってこない。

朝から空を灰色の雲がうめつくしていて、気持ちのいい陽射しがふりそそいでこないせいだ。いっそ雨が降り始めれば、リズミカルな雨音が眠気を誘ってくるのだが。

瞬太はブレザーのポケットから小さな紙をとりだして、ため息をついた。

たしかにここに書かれていたはずのメールアドレス、何度も見たのに、ちっとも思い出せない。

ツネハル、とか、キツネ、とか、そういうわかりやすいメールアドレスではなく、ランダムなアルファベットの羅列《られつ》だったと思う。

祥明なら一回見ただけで覚えるのかもしれないが、自分には到底不可能だ。

「あーあ、なんで消えちゃったんだろうな」

瞬太のぼやきを聞きつけて、高坂が白い紙をのぞきこんだ。

お茶がかかったところに薄いしみが広がっているので、もはや真っ白でもないのだが。

「どうしたの？」

「この紙に書かれていた文字が消えちゃったんだよ」

「消えた？　もしかして熱いお茶でもかかったの？」

「そうなんだよ。残ったのはしみだけさ。魔法みたいだろう？」

瞬太がため息をつきながらぼやくと、高坂はにこりと笑った。

「それはたぶん、消しゴムで文字が消えるボールペンで書かれていたんだね。あれは熱でインクが消えちゃうんだよ」

「そんな恐ろしいボールペンがあるのか！」

瞬太はびっくりした。

「あれって、実は摩擦熱《まさつねつ》で消えるんだ。だから熱湯をかけたり、ヒーターの近くに置きっぱなしにしていたりしても消えるって聞いたことがある」

「そんなにしょっちゅうボールペンの文字が消えてたら、大変じゃないか」

「しょっちゅう……ではないと思うけど」

　高坂は苦笑する。

「たしか、うんと冷やせば、消えた文字が復活するんじゃなかったかな。試しにひと晩、冷凍庫に入れてみたら？」

「えっ、本当に⁉　さすが委員長、物知りだな！　ありがとう！　今度やってみるよ！」

　瞬太は高坂の両手を握って、ぶんぶん振ったのであった。

五

　土曜日は朝からずっと冷たい雨だった。

　雪にならないといいけど、と、思いながら、瞬太が店内ではたきをかけていると、久しぶりに聞く靴音が陰陽屋の階段をおりてきた。

どこかためらいがちな、のろのろした足取りだ。

瞬太が、いつものように黄色い提灯《ちょうちん》を片手にさげて、黒いドアをあけると、階段のなかほどに立っていたのは、スキー焼けした中年男性だった。

三井《みつい》の父の晃《あきら》である。

「えっと……いらっしゃい。中へどうぞ」

「ああ、うん」

晃が一人で陰陽屋に来たのは、初めてではないだろうか。おそらく奥さん、つまり三井の母の能里子《のりこ》は、今年も登山中なのだろう。

晃も週末はスキー三昧《ざんまい》のはずだが、何があったのだろうか。

晃がニット帽と手袋をとってもじもじしていると、几帳《きちょう》のかげから祥明がでてきた。

「陰陽屋へようこそ。そろそろいらっしゃる頃かとお待ちしておりました」

「えっ、三井のお父さんが来るってわかってたの？」

「センター試験まであと一週間だからな」

「まさか、不合格になるように呪《のろ》いをかけにきたのか⁉」

瞬太ははっとして、晃の顔をにらむ。

「そんなわけないだろう！　合格祈願だ！」

「本当に!?」

「失礼だぞ、キツネ君」

祥明は瞬太の頭を、とじた扇でペチッとたたいた。桜の扇は折れてしまったので、今日は以前使っていた紫の扇である。

「だって、ずっと美大の受験に反対してたって……」

「本心を言えば、今でも賛成というわけではない」

晃はムスッとした顔で言う。

「いくら陶芸が好きだからって、なにも大学でまで陶芸を専攻しないでも……。まず陶芸家になるのがかなりの狭き門だし、なれたらなれたで、いばらの道だ。芸術家なんて、そんな、自分の心身を削《けず》って、追いつめていくような人生を歩んでほしくない。そう思うのが悪いことか？」

「そう言われると……」

いつになく説得力にあふれた父親の論法に、瞬太はたじろいだ。

なにせ自分のまわりには芸術家なんて一人もいないし、具体的に想像したことがなかったのだ。

「子供を思う親として、当然のお気持ちです」

祥明はさも感じ入ったかのごとき表情で、重々しくうなずく。

そもそも進路に迷っていた三井の背中を押したのは祥明なのだが、それはそれということらしい。

「だがいくら私が説得しても、娘は一切聞こうとしないんだ。素直な子だと思っていたのに、いつのまにあんなに頑固になったのか……」

晃は、手袋をギュウギュウ握りしめた。

「じゃあ、どうして合格祈願なの?」

「毎晩遅くまで、黙々と勉強してるんだ。根《こん》を詰《つ》めてるらしく、だんだん顔色も悪くなってきた気がする」

「そういえば食欲もないって言ってたな」

「やっぱり。やせたような気がしてたんだ。そんな繊細な子に、芸術家なんてむいているわけがない。ないんだ。でも、あんなに一所懸命、ひたむきに頑張っているところを見せられると、もう、応援してやるしかないじゃないか……」

晃は、今にも泣きそうな、複雑な笑みをうかべて答えた。

年末年始にいつも娘をほったらかしにしてスキーに行ってしまうような放任主義の父親でも、さすがに何かせずにはいられなくなったらしい。

「わかりました。心をこめて祈禱《きとう》をさせていただきます」

こちらへどうぞ、と、ささやかな祭壇の前に父親を案内すると、祥明は祭文《さいもん》をろうろうと唱《とな》えはじめた。

娘を心配する父親が真剣な面持《おもも》ちで頭《こうべ》を垂れている。

祥明なんてインチキなんだから、どうせ祈禱をお願いするなら、王子《おうじ》稲荷《いなり》神社の方がいいのに、と、瞬太は思わないでもない。

だが、祥明はインチキでも、祭文はたぶん本物だし、父親の気持ちも本物だ。

三井を想う気持ちが、学問の神様に届くといいなぁ。

瞬太も一緒になって、三井の合格を祈ったのであった。

六

雨の中、三井の父が帰っていくのを階段の上で見送っていると、入れ違いに、高坂の妹、奈々《なな》がやってきた。

おしゃれ番長なので、この寒いのに、制服のスカート丈は膝上十五センチだ。

今日はサイドの髪をねじり、かわいいバレッタでとめている。

「委員長なら護符なんかなくても、実力で合格しそうだけど」

「勘違いしないで。あたしがほしいのは合格祈願じゃなくて健康祈願の護符だから。史《ふみ》兄ちゃんには、インフルエンザで、本命の私立高校を受けられなかった痛恨の黒歴史があるし。本当は飛鳥高校で、沢崎なんかの面倒をみてるはずじゃなかったのに」

「悪かったな……」

沢崎なんか、と、名指しで非難されて瞬太はカチンときたが、いつも高坂に面倒をみてもらっていることは、まぎれもない事実である。

「おかげでうちは今、みんなで史兄ちゃんに気をつかいまくりだよ！　ご飯には毎日生姜が入ってるし、兄ちゃんが勉強してる時間にはテレビの音をうんと小さくしたり、風呂上がりは風邪ひかないように業務用の速乾ドライヤーを使わせてる。もちろん去年のうちに、家族全員でインフルエンザの予防接種も受けてきた」

いわゆる腫《は》れ物《もの》扱いだ。

きっと高坂はそれもあって、瞬太に、気をつかわないでくれと言ったのだろう。

「なまじっか優秀すぎる長男がいるばっかりに、うちも大変なわけよ」

「そういうものなのか……」

できの悪い息子の心配ばかりしている沢崎家とは、真逆の悩みである。

「お嬢さんは優しいんですね」

「そうなの！　わかってくれる？」

奈々は自分がどんなに兄想いなのかをひとしきり語った後、ようやく健康祈願の護符を購入して帰っていった。

護符を一枚買うのに、なんだかんだで、二十分はしゃべり倒していっただろうか。

「委員長の妹って、占いやお守りは信用しないタイプかと思ってたけど、意外だな」

「気休めだってわかっていても、とりあえず買っておきたいんだろう」

「気休めか」

「受験生本人はもちろん、家族もけっこうストレスがたまってるんだよ。でも家でそんなこと口にはだせないから、ここで吐きだしていくのさ」

「ふーん、つまり祥明は、お客さんの不安をきくのが仕事なのか。大変だな」

「ひとごとみたいに言うな。このまえ、みどりさんも来たぞ」

「あー……」

瞬太はふさふさの耳の裏をかいた。

もちろん王子稲荷神社へも日参しているのだろう。

吾郎も青魚作戦を継続中だ。

「親って大変なんだね」

「わかっているなら、まずは宿題をやれ」

「う……」

瞬太は長い尻尾をだらりとさげて、ひきずりながら机にむかったのであった。

七

夜になって雨はやんだが、客足はさっぱりだったので、陰陽屋を少しだけ早じまいして、上海亭に行くことにした。

江美子の期待にそえなかったことへのお詫《わ》び報告もあるが、何より、上海亭のラーメンは安くてうまいのだ。

ところが、上海亭のドアを開けた瞬間、カウンター席の女性と目があってしまった。

「あっ、猫嫌いの不動産屋さん！」

「あらやだ、陰陽師さんとかわいい店員さんじゃない」

寿美代はカウンター席で、ビールをあけながら、醤油ラーメンを半分ほど平らげたところであった。

土曜の夜ということもあり、テーブル席は家族連れでうまっている。

他に選択肢はなさそうだ。

「奇遇ですね、寿美代さんも上海亭でお食事ですか？」

祥明はするりと寿美代の隣に腰をおろした。

瞬太はその隣だ。

「江美子さんに謝りに来たはずだったんだけど、愚痴《ぐち》を聞いてもらってたの。陰陽師さんも、扇を折っちゃったりして、おとといは悪かったわね」

寿美代は箸《はし》をおくと、膝の上で両手をそろえて、頭をさげた。

「あの後、真波さんとは仲直りできたの？」

瞬太の質問に、寿美代は頭を横にふる。

「喧嘩別れよ。仲直りは当分無理そう」

「寿美代さん、娘さんとそんなすごい大喧嘩になっちゃったの？」

カウンターごしに江美子が尋ねた。

「そうなのよ。もうかれこれ二十年、娘の考えていることはさっぱりわからないんだけど、どうしてあんなに猫にこだわるのかしら」

「そりゃ猫を……」

瞬太は言いかけて、言葉をのみこむ。

「好きだからだろ。おれは犬派だけど、好きに理由はないもん」

「そういうものかしらね」

「寿美代さんこそ、どうして猫嫌いなの？　昔何かあった？」

「別に猫嫌いじゃないわ。ただ、あのマンションの大家さんは昔からの大切なお客さんだから、部屋を汚さないように使ってほしいだけよ。それに、猫を飼うと結婚できないっていうのが何よりだめよ」

「それさっきも言ってたけど、猫と結婚って本当に関係あるの？」

「ペット保険の会社がとったアンケートで、猫を飼っている人は、猫を飼っていない人よりやや幸福度が高く、かつ、結婚しない傾向があるという結果がでたことがあるんだ。だがそれは、猫を飼っていない人よりわずかに未婚率が高いというだけで、大きな差があるわけじゃない」

　祥明がビール片手に解説した。

「へぇ、そういうものなんだ」

「ちなみに犬を飼っている人は、健康度と既婚率が高いらしいぞ」

「毎日犬の散歩をするから、出会いのチャンスがふえるのかな」

「かもな」

「犬を飼えば結婚できる確率があがるの？　なんとか犬で手をうってくれないかしら」

寿美代はアルコール臭《くさ》いため息をつく。

「それはどうかな……。っていうか、どうしてそんなに真波さんを結婚させたがるの？」

「だってあの子、イラストレーターなんて不安定な仕事してるのよ。一晩中、部屋にこもって、黙々とパソコンにむかって絵を描いてるの。あんなんじゃ、きっといつか身体を壊すわ」

「夜行性なんだ」

だから色白なのか、と、瞬太は合点する。

「あるいは人気がなくなって、仕事をほされるか……。あたしは長年商売やってきて、自営業の大変さは身にしみてる。仕事をやめろとは言わないから、せめて会社員か公務員と結婚して安定してほしいの」

「でも自分は旦那さんと喧嘩ばっかりしてるんだろ？　それなのに娘には結婚しろって言うのはどうして？　そういうのムジュンっていうんじゃない？」

瞬太のストレートすぎる質問に、その場の空気は凍りついた。

八

「おい、キツネ君、失礼だぞ」

祥明はあきれ顔でたしなめた。

「あっ、ごめん」

「いいのよ」

一度はかなり面食らった様子の寿美代だったが、さすがにプロの商売人、明るく答える。

「あいかわらず喧嘩続きなの？」

江美子が苦笑《にがわら》いで尋ねると、「まあね」と寿美代はうなずいた。

「仕方ないのよ。うちは夫婦で不動産屋をやってるから、朝から晩まで、ずーっと顔をつきあわせてるでしょ？　物件にお客さんをご案内する時だけは別行動だけど、それ以外はほぼほぼ一緒。イライラして喧嘩になっちゃうのはもう当然っていうか、宿命なわけ」

寿美代はすっかり開き直っている。

「でもそれは江美子さんだって一緒だよね？」

江美子の夫は上海亭の料理人で、今この瞬間も会話に参加することなく、黙々とレバニラ炒めをつくっているのだ。

「うちは亭主が職人気質で、あんまりあたしにあれこれ指図してこないから、怒鳴り合いの大喧嘩にまで発展することはめったにないわ。でも、寿美代さんのところは似たもの夫婦だからねぇ」

「うちの旦那は口から生まれたような男で、一日中べらべらしゃべりっぱなしなのよ。結婚前はそこが楽しくていいって思ったんだけど、いざ一緒に暮らしてみると、ぶつかってばかりで、まあ大変」

「へ、へぇ」

寿美代が二人なんて、なかなか恐ろしい状況である。

両親がこの調子で一日中、大声で話し、さらに、頻繁に喧嘩しているのだ。

真波は口を挟む隙をあたえられず、自然と寡黙《かもく》になり、長年ストレスをためてきたのだろう。

もしかしたら、子供の頃からずっと、猫を飼いたいという願いを却下され続けてきたのだろうか。

「でもそれはそれ。夫婦喧嘩を避けたければ、外に働きにでる人と結婚すればいいだけなんだし。あたし、あえて自分のことは棚に上げて言うけど、娘には家庭をもって、落ち着いてほしいと思ってるのよ」

「寿美代さんの気持ち、あたし、よくわかるわ」

江美子は大きくうなずいた。

「うちもバカ息子が、いつまでもプラプラしてるから本当に心配で。もう結婚は半分あきらめてるけど」

上海亭の息子は、専門学校を卒業した後も就職せず、同人活動に励んでいるのだ。同人誌やグッズの売り上げでそこそこの収入は得ているものの、つい新しいモニターやタブレットを買い込んでしまい、家をでて自活するどころではないのだという。

「息子さんは、まだ二十代じゃない。その点、うちの娘なんか、もうすぐ三十五になるのよ」

「あら、それを言うなら、娘さんはプロのイラストレーターとしてたくさんお仕事して、一人で暮らしてるんでしょ？　いつまでも実家で親のすねをかじってるバカ息子より、はるかに立派よ」

いつのまにか母親たちの謙遜《けんそん》と賞賛合戦になってしまった。

「こういうのを、隣の芝生は青いって言うのかしらねぇ」

「あたしは長いこと不動産屋をやってきて、無念の思いで閉店していった人たちをたくさん見てきたから、子供たちには、安定した人生をおくってほしいと思ってしまうのよ。それに、子育てって、大変だけど、けっこう面白かったり楽しかったりするわよね？　家庭をもって落ち着いてほしいなんて考えは時代遅れだって、自分でもわかってはいるんだけど、それでも、人並みに幸せになってほしいじゃない」

「でも子供たちって、親の言うことをききやしないのよ」

「それそれ。誰のおかげで大きくなれたと思ってるのかしらね」

「人生で何を一番大事にするか、価値観は人それぞれですからね。新しいとか、古いとかではなく、みんなそれぞれ違うんですよ」

祥明はやんわりと、自分の価値観を子供に押しつけない方向に話をもっていこうとした。

しかし。

「真波にとってはそれが猫なの？　さっぱり理解できないわ」

寿美代はビールをぐびぐび飲むと、中ジョッキをドン、と、テーブルにおろす。

「自分とは違う価値観を押しつけられても、受け入れられないというだけでしょう。江美子さんも寿美代さんも、親と大喧嘩をしたことの一度や二度はあるんじゃないですか？」

「三度や四度はあるかもね」

寿美代は肩をすくめてニヤッと笑う。

「あたしは五度や六度よ」

江美子も手を腰にあて、胸をはった。

「あたしは今度も勝つわよ！　猫になんか負けてたまるもんですか。ビールおかわり！」

寿美代はビールをぐいっと飲み干して、気炎をあげる。

「その調子で頑張って！」

「まかせといて！」

二人はケラケラと笑いころげたのであった。

九

祥明と瞬太が上海亭をでた時には、九時近くになっていた。

墨《すみ》色の雲の間で、ちらほらと星が輝いている。ひときわ明るいのはシリウスだ。

帰り際に、江美子が祥明に頭をさげて言ったことが、二人に重くのしかかる。

「寿美代さんって根っからの商売人だから、芸術家肌の娘さんとは昔からうまがあわないんだけど、あの人なりに家族のために一所懸命なのよ。このままだと猫を飼っても飼わなくても、決定的に母娘関係がこじれちゃいそうで心配だわ。もう一回、陰陽屋さんへ相談に行くようあたしが説得するから、なんとかしてあげて。陰陽屋さんなら、なんとかできるでしょう⁉」

お得意さんの真剣なお願いに、祥明は一瞬言葉につまったが、すぐに満面の笑みをつくった。

「わかりました。他ならぬ江美子さんのご依頼です。考えてみましょう」

「ありがとう！　頼りにしてるわ」

江美子にはそう答えたものの。

夜の商店街を歩きながら、祥明はため息をついた。

「なんとかかと言われてもな……。あれだけ価値観が違う母娘なのだから、お互いに干渉しないのが一番の解決策だと思うんだが……」

寿美代だって、娘の人生は娘のものだと、頭ではわかっているはずだ。

だがああいう性格なので、あれこれ口をださずにはおられないのだろう。

真波は真波で、自分の考え方をきちんと母親に説明し、理解を得るべく努力しているようには見えない。

そんなことはしても無駄だと、はなからあきらめているのだ。

「どうせなら真波さん、もっと遠くのマンションを借りればよかったのに」

「寿美代さんが許さなかったんだろう」

「そっかぁ」

決定的にこじれそうで心配だ、と、江美子は言ったが、おそらくすでに、こじれきっている。

なにせお互いの人生観を否定するところまできているのだ。

それを修復するというのはさすがに難しい。

そもそもの発端は猫なのだが。

「そういえば、キツネ君、真波さんがなぜあんなに猫にこだわっているのか、心当たりがあるのか？」

瞬太が言葉をのみこんだのに、気がついていたらしい。

「たぶんだけど、真波さん、実はもう猫を飼ってるんじゃないかな。かすかにだけど、髪から猫の唾液《だえき》の臭いがしたんだ。だから占いの結果が凶でも猫を飼う、って言い張ってるんだよ」

手や胸だったら、ペットショップで猫を抱かせてもらってついたということもあるが、髪の毛に臭いがつくというのは、飼い猫が嚙《か》んだとしか思えない。

「今さら手放せないというわけか。飼い主としては正しい姿勢だが」

犬という妥協案もこれで消えたな、と、祥明はぼやく。

「寿美代さんも負けられないって言ってたし、また大喧嘩になりそうだね……」

「流血沙汰にならないことを祈る」

二人は思わず、大きな嘆息をもらしたのであった。

十

火曜日の朝。

瞬太はねぼけまなこで、冷蔵庫のフリーザーをのぞきこんだ。

高坂に教わった通り、恒晴《つねはる》の名刺を冷凍庫に入れておいたのである。

「どうかなぁ」

きんきんに冷えた名刺をだしてみると、みごとにメールアドレスが復活していた。

「さすが委員長、頼りになるぜ！」

瞬太は感心しながら登校する。

だが、ここでうかうかしていたら、また、何かとんでもないアクシデントに見舞われるかもしれない。

今度こそ、文字が見えているうちに、恒晴に連絡をとらないと。

朝のホームルームでクラス担任の山浦《やまうら》先生が連絡事項を伝達している間、瞬太は机の下で、こっそりと恒晴あてのメールを書いた。

瞬太の携帯電話がメールの受信を知らせたのは、三時間半後、食堂で吾郎お手製の手作り弁当をひらこうとしていた時だった。

急いでポケットから携帯電話をとりだし、メールを確認する。

やはり恒晴からの返信だ。

「ほおぉ、今日の四時、飛鳥山《あすかやま》公園のＳＬの前で、か」

右ななめ上からふってきた声に、瞬太ははっとした。

「へぇ、沢崎が居眠りもせず、朝っぱらからいそいそとメールを打ってるから、何ごとかと思えば、公園デートか。うらやましいぜ」

今度は左ななめ上からだ。

おそるおそる後ろをふりむくと、カレーをのせたトレーを持つ岡島と、同じくチキンカツ定食のトレーを持つ江本が瞬太の背後に立ち、携帯の画面を見おろしていたのである。

「いいよなぁ、飛鳥山デート」

「そんなんじゃない。男だよ！」

瞬太は急いで否定したが、二人ともニヤニヤするばかりでちっとも信じようとしない。

「へぇ、男と飛鳥山公園で待ち合わせか」

岡島は瞬太のとなりにどっかりと腰をおろした。両ひじをテーブルにつき、手を組むと、取り調べ中のベテラン刑事のごとき眼光で瞬太に迫る。

「そうだよ、悪いか？」

「で、男って誰だ」

「それはちょっと……。でもとにかく女の子じゃないから」

瞬太が必死で否定すればするほど、江本と岡島は面白がってしまう。

「それならおれたちが一緒でもいいよな？　大丈夫、邪魔しないように、五メートル離れるから」

「委員長、何とか言ってよ！」

瞬太は隣の席でラーメンをすする高坂に助けを求めたが、高坂は残念そうに首を横にふった。

「僕もついて行ってあげたいところだけど、今度の土日はセンター試験だから、江本と岡島にまかせるよ。沢崎に何かあったらよろしく」

「おう、まかせろ」

二人はニカッと不敵な笑みを見せたのであった。

十一

放課後。

飛鳥山公園の広場に展示されている、黒光りする大きな蒸気機関車の前で瞬太は恒晴を待った。

冷たい夕暮れの風が吹き抜けていく。

飛鳥山といえば有名な桜の名所だが、真冬なのですっかり葉が落ちてしまい、寒々しい裸の枝が広がっている。

すべり台のついたお城や砂場で遊ぶ子供たちの姿もまばらだ。

祥明には、用事ができたから一、二時間遅れると伝えてある。

最初はSLの前でじっと立っていたのだが、なんだか落ち着かないので、つい広場をうろうろと歩きまわってしまう。

瞬太がちらっと振り返ると、ＳＬの隣に展示されている都電の車輌のかげにかくれて、瞬太の様子をうかがっている江本と目があった。

江本は昼休みからずっとにやにや笑っている。その隣の岡島もだ。

「チェッ、まさか本当に来るとは思わなかったな」

瞬太は頬をふくらませた。

瞬太の快足なら二人を振り切ることも可能なのだが、待ち合わせの場所がばれてしまっている以上、いずれ追いつかれるに決まっている。

二人と一緒に来るしかなかったのだ。

それにしても寒い。

売店で何か温かいものでも買ってこようかと思った時。

「待たせたかな」

瞬太の前に、琥珀《こはく》色の瞳の男があらわれた。

ダークグレーのコートに、カーキ色のリュック。

少しのびた髪が風にゆれている。

「元気だった？」

「あ、うん、まあ」

瞬太は自分の肩にかけた通学カバンのベルトをぎゅっと握りしめる。

「なんだ、本当に男か」

「まあそんなことだろうとは思ってたよ」

都電のかげで、江本と岡島がぼそぼそ話しているのが聞こえてくる。

だから言ったのに、と、瞬太が口をへの字にゆがめた時。

「そこにいるのは君の友達？」

恒晴の耳にも、二人の声が聞こえてきたのだろう。

瞬太が答える前に、スタスタ歩きだした。

普通の人間には聞こえない距離だが、恒晴も母親が化けギツネなので、聴覚がすぐれているようだ。

「こんにちは」

「こ、こんにちは」

恒晴に笑顔で話しかけられ、江本はどぎまぎした様子で答えた。

「どうも」

岡島は貫禄《かんろく》のおっさん顔で軽く顎《あご》をしゃくる。

「しばらく瞬太君と二人にしてもらえるかな」

「え……あれ？」

恒晴が言った三秒後。

二人は急に、身体から力がぬけたように、ふらふらとその場にしゃがみ、そして、倒れこんでしまった。

「江本⁉　岡島⁉」

瞬太は驚いて二人のもとにかけよるが、目を閉じ、ピクリとも動かない。完全に気絶しているようだ。

「大丈夫か⁉　しっかりしろ！」

江本の肩をゆすり、岡島の頬を軽くはたいてみるが、まったく反応がない。

「二人に何をしたんだ！」

瞬太は真っ青になり、恒晴にくってかかった。

「眠ってもらっただけだよ。僕は平和主義者だからね」

恒晴は肩をすくめる。

「それにしても、君は本当に呉羽によく似ている」

恒晴は瞬太の頬に手を伸ばした。

琥珀色の瞳が瞬太の顔を正面からのぞきこむ。

「うまれたばかりの頃はあんなに小さかったのに、すっかり大きくなって……。今、十八歳だっけ？」

怖い。

今すぐ逃げ出したいのに、足がすくんで動けない。

冷たい指先が瞬太の頬をとらえた瞬間。

「その子にさわるな！」

凜《りん》とした声がひびきわたった。

恒晴ははっとした表情で、声がした方をむく。

機関車の運転席からおりてきた小柄な女性は、月村颯子の娘、佳流穂だった。

十二

「さすらいのラーメン職人、山田さん……!?　なぜここに……！」

あまりにも予想外の人物の登場に、瞬太は目を見はった。

瞬太が京都から戻って以来、ずっと行方知れずだったが、どこで何をしていたのだろう。

少なくともラーメンの匂いはまったくしない。

「久しぶりね」

「えっと……うん……」

最後に会ったのは、ひどい雷雨の日だった。

陰陽屋に突然あらわれた佳流穂は、自分こそが瞬太の母親だと言い張ったのだ。

そしてパニックになった瞬太は、思わず逃げ出してしまい……

あの時のことを思いだすと、戸惑いや恥ずかしさで、百面相になってしまう。

「あの……あの時は……その……」

瞬太が地面にむかってごにょごにょ言っていると、佳流穂がまっすぐ歩みよってきた。

「無事でよかった。恒晴に何もされてないわね？」

「あっ、友だちが」

地面に倒れている江本と岡島のそばに、瞬太はしゃがみこんだ。ピクリとも動かない二人を見て、泣きそうになる。

「あいつは眠ってるだけだって言ったけど……あれ？」

瞬太は顔をあげて、恒晴の姿を捜した。だが、見あたらない。

「どこに行ったんだ？」

瞬太が佳流穂に気をとられたほんの十秒ほどの間に、恒晴は姿を消していたのである。

狐の行列の時もそうだったが、恒晴は姿を消す妖術でも使えるのだろうか。

「どうして……」

「さあね」

佳流穂は吐き捨てるように言った。

どうやら恒晴とは仲が悪いらしい。

「その二人なら大丈夫よ。本当に眠っているだけみたい」

「そうか。良かった」

瞬太はへなへなとくずおれて、両手を地面についた。

「おれのせいで二人に何かあったらと思うと、ぞっとするよ……」

「本気でそう思っているのなら、二度とあいつに近づかないことね。あいつは人の心を惑《まど》わす危険な力を持ってるんだから」

「それは……化けギツネの能力なの？」

「そうよ。そんなことも呉羽から聞いてないの？」

「知らなかった」

「うかつに近づくと、あなたも、あなたのまわりの人間も、何をされるかわからないわよ。今日は眠らせただけだけど、この先ずっとそうとは限らない」

「惑わすって……たとえばどういうこと……？」

「たとえば他の人を傷つけたいと思わせるかもしれないし、自分を傷つけたいと思わせるかもしれない」

「あいつにはそんなすごい力があるの？」

「もちろん誰にでも通用するわけじゃない。恒晴の母親はすぐれた妖術使いだったけど、父親は人間だから、母親よりはだいぶ力が弱いはず。それでも相手が人間だと、こうやって眠らせてしまうことができる。力の強いキツネならあっさりとかわすことができるけど」

「山田さんはかわせるの？」

「当然でしょう。あたしは月村颯子の娘よ」

「そうか……」

たしかに月村颯子はものすごく強そうだ。威圧感といってもいいくらいのオーラをまとっている。

「あなただって燐太郎と呉羽の子供なんだから、妖狐《ようこ》として育っていれば、かなりの能力を身につけていたはずなのに、呉羽が人間の夫婦に預けたりするから……」

「おれだって、狐火はだせるよ！」

みどりと吾郎の悪口を言われたような気がして、瞬太は憤然《ふんぜん》として言い返す。

自慢げに右手をひろげ、ぱっと狐火をだした。

はずだった。

しかし暗がりならともかく、日没前の屋外で狐火をだしても、何かかげろうのようなものがゆらゆらと揺れている程度にしか見えない。

「……このまえ、陰陽屋の蠟燭《ろうそく》が消えた時には、すごく役に立ったんだよ」

瞬太はぼそぼそ言い訳しながら、狐火をひっこめる。

「他には？」

「……キツネジャンプとキツネキックとキツネパンチ……」

「もういいわ」

佳流穂はあきれ顔で、右手をひらひらと振った。

「その調子じゃ、聴覚も嗅覚もたいしたことないんでしょ」

「そんなことないよ！　普通の人間よりはかなりすごいよ」

「じゃあ、恒晴が今、どっちの方角にいるかわかる？」

「えっ、山田さんはそんなのわかるの？」

「そこの細い道に恒晴のニオイが残ってる」

「王子駅に向かったのかな……」

初夏には紫陽花《あじさい》で埋めつくされる飛鳥の小径《こみち》だが、今の季節はすっかり葉も落ち、寂しい景色になっている。だが、公園をつっきってJR王子駅南口にでるルートだけは、一年中人通りがたえない。

「ニオイが消えた。あたしに追尾されないように、電車にでも乗ったのね。相手が屋外にいさえすれば、かなり離れても追いかけられるんだけど」

「かなりってどのくらい？」

「一キロは追えるわよ」

「そんなことまでわかるんだ。すごいな……さすがさすらいのラーメン職人、山田さん……！」

瞬太は感嘆の眼差《まなざ》しを佳流穂にむけた。

十三

「ラーメンは関係ないけどね」

瞬太に賞賛されて、佳流穂はまんざらでもなさそうだ。

「ま、でも、あなたを捜しだすことができたのはこの嗅覚のおかげよ。呉羽が子供を連れて逃げるとしたら、伏見《ふしみ》と王子の二択だなと思ったんだけど、あたしは王子にヤマをはってあなたを捜しだしたというわけ。一度も会ったことなかったけど、キツネと人間はニオイが違うから、この子だ、って、すぐわかったわ」

「すごいな」

「恒晴は京都にいたって聞いてるけど、きっと伏見にヤマをはって、あなたを捜してたんでしょうね」

「そう言われれば、最初に会ったのは伏見稲荷の山の中だった……」

「でしょ」

　佳流穂はほらごらん、と、いわんばかりに、自信に満ちた笑みをうかべる。

「実はあたし、この嗅覚を使って、恒晴があなたに接触してこないか見張ってたのよ。母の言いつけでね。だから今日もここへかけつけることができたわけ」

「そうだったのか……」

　去年の秋、月村颯子が陰陽屋に来て、初めて、春記と一緒に京都から来た助手が、瞬太と因縁のある化けギツネの恒晴であるということが判明した。

おそらくその後、颯子が佳流穂に、恒晴がまた陰陽屋に来るかもしれないから見張るように、と、指示をだしたのだろう。

瞬太は京都でも二回、恒晴に会っていたのだが、相手が化けギツネだとはまったく気がつかなかった。

クラブドルチェのバーテンダーである葛城《かつらぎ》にいたっては、化けギツネだと気づかぬまま何度会って話したか、数え切れないくらいだ。

しかも、自分の実の叔父《おじ》だったのである。

嗅覚には自信があったのだが、それはあくまで人間よりはすぐれているというだけで、化けギツネとしてはまだまだなのだろうか。

「キツネならみんな山田さんみたいに、一キロも離れたところの人のニオイを嗅ぎわけることができるの？」

「まさか。あたしは特別。みんなせいぜい五百メートルじゃない？」

「それでも十分すごいよ。おれにはとても無理だ」

「ま、あたしは生まれつき鼻には自信があったんだけど、さらに修業で鍛《きた》えてここまできたのよ。あなたも修業したら？」

「修業？　鼻の？」

「そうよ。今からでも、真面目《まじめ》に鍛えれば、あたしに近い能力を身につけることができるわ。まだ若いんだから。修業の仕方はあたしが教えてあげられる」

嗅覚、聴覚をはじめとする妖狐の身体能力は、若いうちでないと伸ばせないのだということ。

「若いうちかぁ……」

修業という言葉からは、滝にうたれるイメージしかうかばないのだが、鼻の修業なんていったい何をやるのだろうか。さっぱり想像できない。

だが佳流穂のようにすぐれた嗅覚を身につけたら、何かと便利そうな気はする。

たとえば、犬のジロがもしまた行方不明になったりしたら、かなり役に立ちそうだ。

それに、また、猫を捜してくれと頼まれるかもしれないし。

「修業ってどんなことするの？　おれ、月曜から土曜までずっと陰陽屋でバイトしてるから日曜しかあいてないんだけど、週一でもいいのかな？」

瞬太の問いに、佳流穂は驚いたようだった。

「あきれた。そんな片手間で、ちゃんとした修業ができると思ってるの？」

「だめ？」

「能力を身につけるためにも、まわりの人間を巻き込まないためにも、あなたは王子をはなれて妖狐の仲間と暮らすべきよ。あたしと一緒に行きましょう」

「王子をはなれて……？」

佳流穂の言葉に瞬太は愕然《がくぜん》とした。

王子をはなれるということは、沢崎家をでて、高校もやめて、陰陽屋もやめるということだ。

修業というのはそういうものかもしれないが、瞬太にとってはかなりハードルが高い。

そんなの無理だ、と、思う一方で、まわりの人間を巻き込まないためにも、という言葉がずしんと胸にひびく。

今、まさに、目の前で、江本と岡島が倒れているのだ。

この先、大切な友人たちや、みどりと吾郎を巻き込むようなことがあったら、と、想像するだけでぞっとする。

本当は、今すぐにでも、王子をはなれるべきなのかもしれない。

しれないが……。

「あと二ヶ月で……高校卒業だから……それまで考えさせて」

瞬太は蒼ざめた唇を震わせながら、佳流穂に告げた。

瞳が不安でゆらゆらゆれる。

「本当に卒業できるの？」

「ぐっ」

「まあいいわ。三月まで待ってあげる」

飛鳥高校の食堂で働いていた佳流穂には、瞬太の成績はばればれなのであった。

「おい、江本、岡島、おきろ。地面で寝たら、身体が痛くなるぞ」

佳流穂が立ち去った後、瞬太は江本と岡島の肩をぐいぐいゆすったり、頬をつねったり、鼻をつまんだりして、やっとの思いでたたきおこした。

いつも高坂はこんな苦労をして自分をおこしてくれているのかと思うと、とても申し訳ない気持ちになる。

「あ……沢崎？」

先に目をあけたのは江本だった。

「気がついたか、江本！」

瞬太の心配をよそに、江本は身体をおこすと、気持ちよさそうに両腕をのばす。

「あー、よく寝た」

「大丈夫？　どこも痛くない？」

「うん、平気」

江本が岡島の背中をバンと強くたたいて、おこしてくれる。

「いて。何するんだよ。っていうか、なんでおれ、こんなとこで……」

岡島は首に手をあてて、コキコキいわせた。

「覚えてないの？」

「思いだした。急にものすごく眠くなったんだ」

「あっ、おれもおれも」

江本が、それそれ、と、岡島に同意する。

「いやー、沢崎がよく、気がついたら寝てたとか言うけど、こういうことなんだな。ぜんっぜん我慢できなかった」

あっけらかんと江本は笑う。

「そうか。なんともなくて良かった」

瞬太はほっとする。

「それで結局、女子はあらわれずじまいか？」

「だから女の子じゃないって言っただろ」

「つまらんな」

薄紫の夕闇がたれこめる中、気のいい江本とおっさん予備軍の岡島は、じゃあな、と、帰っていったのであった。

十四

翌日の午後七時すぎ。

寿美代と真波が、新しい扇を持って陰陽屋にあらわれた。

二人で謝りに行くべきだ、と、江美子が説得したのだろう。

「先日は大変申し訳ありませんでした。あらためて占いをお願いできますか？」

寿美代の口調は丁寧だが、目力《めぢから》はなかなかのものである。

「わかりました。それではこちらの式盤《ちょくばん》で占いましょう。最初に先週ご相談を受けた時を基準にするなら、占時《せんじ》は戌《いぬ》、月将《げっしょう》は丑《うし》、日干《にっかん》は……」

六壬式占《りくじんちょくせん》でお客さんを圧倒し、まずは雰囲気でのみこむのが祥明の必勝パターンなのである。

ところが。

「あたしたち素人《しろうと》が見ても、明快に吉凶がわかる占いでお願いします。四柱推命《しちゅうすいめい》やタロットのように、専門知識がないと理解できないものではなく」

祥明の式占にストップをかけたのは寿美代だ。

解釈次第で都合のいい方向に話をまとめられるのを、警戒しているのだろう。

「わかりました」

祥明の口もとが一瞬ピクリとひきつったが、すぐに自信に満ちた笑顔に立て直す。

「そうですね……では、書物占いにしましょうか」

祥明は書棚からぶ厚い本を一冊、選びだした。和綴《わと》じの古書が多い陰陽屋の書棚では珍しく、新しい本だ。しかもとじめが左側についている、横書きの本である。

「『魔法の杖』？　ファンタジー小説かしら？」

表紙に書かれたタイトルを見て、寿美代が首をかしげた。

「占いの本です。説明するよりも、実際に使ってみた方がわかりやすいでしょう」

祥明は意味ありげに微笑んだ。

「真波さん、この本を両手で持って、占いたいことを尋ねてください。ただし、イエスかノーで答えられる質問に限ります。たとえば、犬と猫のどっちがいいですか、のような質問には答えられません」

「わかりました」

真波は戸惑いながらも、両手で本を受け取った。

「じゃあ……あたしが猫を飼うことは、吉ですか……？」

「けっこうです。では、その本を開いてください。どこでもかまいません。真ん中でも、端っこでも、真波さんがここだと思ったページを」

「はあ」

真波は言われた通り、本を開いた。

左のページには小さなイラストが、右のページにはごく短い文章がのっている。

「何と書かれていますか？」

「『水晶球があなたの望み通りの結果を約束しています』。……えっ⁉」

真波があげた顔には、驚きがうかんでいた。

「おめでとうございます」

「やったね！　これは大吉だよ‼」

祥明と瞬太が笑顔で祝うと、はじめて、真波の顔にも喜びがひろがる。

「占いの本って、そういう意味だったんですね……！」

「昔は宗教や哲学書、あるいは詩集などを使って書物占いをしていました。直観的に指さした文章で占うのですが、それこそ解釈次第だったのではないでしょうか。現在では占い専用の本で、明快な答えを得ることができます」

「待って、本当にこんな本で吉凶が占えるの⁉　どうせこういうのって、全部のページに、いいことが書かれてるんじゃない⁉」

寿美代は猛然と祥明に抗議した。

「そんなことはありません。たとえばこのページをご覧ください。『忘れなさいと命じています』、と、書かれていますね。これは明確なノーです」

「あら、そう。そういう答えもあるのね」

寿美代はかなり不満げだ。

「お疑いでしたら、寿美代さんも同じ質問をしてみますか？」

「あたしが？　猫を飼うことが吉ですか？　いいわよ、もしこれで吉ってでても飼わないけど」

寿美代はパッと本をひらいた。

「なにこれ。『思いがけない結果が予想されます』、だって。どういうことなの？」

寿美代はしかめっ面《つら》で、開いたページを祥明に見せる。

「これは……吉とも凶とも違う答えですね」

「どう見ても吉じゃないわよ。猫を飼えば、家中で爪とぎされて、ひどいことになるっていうお告げかもね」

寿美代は、フン、と、不満げに鼻を鳴らした。

なまじっか娘が大吉だっただけに、落差が腹立たしいようだ。

「それは予想の範囲内ですよね？　もっと意外な未来だと思います」

「思いがけない結果かぁ。なんだろうな」

祥明と瞬太はもちろん、真波までが、困ったような、気の毒そうな顔で考え込む。

「いやだ、はっきりしてよ。気になっちゃうじゃない！」

寿美代につめよられ、祥明はにっこりとほほえんだ。

「はっきりさせるには、試しに猫を飼ってみるしかないですね」

「はあ？　なんであたしが」

「でも猫が怖いなら、無理はしない方がいいよ」

「怖くなんかないけど、息子が猫毛アレルギーだから無理」

「そうでしたね。それでは、かるがもハウジングの店内で猫を飼ってはいかがでしょうか？　看板猫がいれば、猫好きのお客さんと話がはずみますし、実際にペットを飼育してみることで、顧客ニーズを把握することにもつながります」

「おれの童水干《わらべすいかん》を仕立ててくれた谷中《やなか》の呉服屋さんも、オスカーっていう猫を飼ってるんだよ。商店街の人気者なんだ」

「谷中は、まあ、猫で有名だから」

「そう。いまさら谷中で猫を飼っても、新鮮味はありません。ですが、王子ならまだ話題性十分です」

「それはどうかしら」

寿美代は半信半疑といった様子だ。

「昔から黒猫は、商売繁盛の招き猫になるくらい、縁起のいい生き物ですしね」

「そういえばオスカーも黒猫だね」

「夏目漱石も黒猫を飼いだしてから人気作家になったのよ。だから漱石夫妻はずっと黒猫を飼い続けたんですって」

真波が猫好きならではの豆知識を披露する。

「商売繁盛……ねぇ」

「かるがもハウジングのために、看板猫、飼ってみたら？　自前の物件だから、大家さんに気がねしないでいいし、ネズミもとってくれるわよ」

真波の熱心なすすめに、寿美代は、うーん、と、考え込む。

「でも猫だって、予防接種とか、いろいろ面倒なんでしょ？」

「大丈夫、あたしがいろいろ調べるから」

「そう？　お父さんと相談してみようかしら」

寿美代は少しばかり興味がわいてきたようだった。

十五

寿美代と真波は、来た時からは想像がつかないくらい、なごやかな様子で陰陽屋を後にした。

「意外とうまくいったな」

夜の商店街を並んで歩く二人の後ろ姿を見送りながら、祥明はほっとした表情をうかべる。

「最初から寿美代さんに猫をすすめるつもりだったの？」

「まあな。ちょうどぴったりのページがでて助かったよ。上海亭で寿美代さんは、なぜ娘が猫を飼いたがるのかさっぱりわからない、と、言っていただろう？　いくら口で説明しても、実際に飼ってみないことには、理解するのは難しいと思ったんだ。それに、とにかくあの二人には、共通の話題が必要そうだったし」

「猫が共通の話題になるし、ちょうどいいってことか。でもさ、もし、それはあきらめろ、とか、忘れろ、って占い結果がでたらどうするつもりだったんだ？」

瞬太の疑問に、祥明は新しい扇を開いて、にっこりと微笑んだ。

「娘を説得することはあきらめろ、とでました」

「すごいこじつけだな」

こういうところが祥明にはかなわないんだよな、と、瞬太は感心半分、悔《くや》しさ半分である。

自分もいつか、他人《ひと》の役に立つ仕事をしたいと思い続けてかれこれ半年以上がたつが、残念ながらまだ何も思いつかないでいる。

いや、今回、少しだけ嗅覚が役に立ったし、やはり鼻の修業をするのが自分の今後につながるのかもしれない。

とはいえ……。

卒業後、どうしたらいいのか、自分も本で占いたいくらいくらいだ。

でもイエスかノーで答えられる質問じゃないと、占えないんだっけ……。

瞬太は夜空にむかって、小さく息を吐く。

店に戻ろうと階段を一段おりたところで、「待て」と祥明に呼び止められた。

「キツネ君、何があった。昨日から、がらにもなく考え込んでいることが多いようだが」

「えっ、何のこと？」

瞬太はギクッとした。

「しまった、ばれたか、と、顔に書いてあるぞ」

「うう……」

「今さら、卒業できなかったらどうしよう、なんて、殊勝なことを考えているんじゃないだろう？」

「ええと、まあ、そういうことも含めて、春からどうしたらいいのかなって……」

瞬太は目をそらし、ごにょごにょと言葉をにごす。

「それは」

「わかってるよ、卒業することに集中しろ、余計なことは考えるな、だろ。わかってるんだけど……。あ、そうだ、卒業できるかどうか、さっきの本で占ってもいい？」

「ノーがでてもショックをうけない自信があるなら」

「平気だよ。卒業できなかったら中退するだけだから。おれ、どうせ、そんなに本気で占い信じてるわけじゃないし」

瞬太は店の奥にあるテーブル席にもどると、さっき見たとおり、『魔法の杖』を両手で持った。

「おれは高校を卒業できるかな？」

本に問いかけ、ぱっと開く。

「えーと、なになに……？」

瞬太は占いの結果に、うぐっ、と、顔をしかめた。

「『ほかの誰かが決定権をもっています』……だってさ。知ってるよそんなの……。せめて、こう、頑張ればなんとかなる、とか、そういう答えがほしかったのに……」

まったく予想していなかったシビアな答えに、ぎゃふんと言わされた気分だ。

瞬太の情けない声に、祥明はプッとふきだした。

「そこまでみもふたもない結果をひくのは珍しいな。ひやかしで占ったことに対する、本の逆襲か？」

「うう……」

瞬太はため息をつくと、ぶ厚い本をとじた。

「あれ……？」

三角の耳が、意外な靴音を拾って、ピンと立つ。

「この音……江本？」

瞬太が店の入り口のドアをあけると、やはり江本が階段をおりてくるところだった。

一度帰宅したのだろう。

黒いジャージの上下に、フードつきのマウンテンパーカーをはおっている。

「よ、沢崎」

江本は肩の高さに右手をあげて、軽くふる。

「どうしたんだ？」

「おれもいざとなったら、やっぱり、学業成就のお守りがほしくなってさ……」

江本は恥ずかしそうに、頭をかいた。

「誰でも入れる専門学校に決めたって言ってなかった？」

「それが、おれが入りたい製菓学校のパティシエコース、今年は希望者が多いらしくて、面接が実施されることになったんだ。その上、作文もださなきゃいけないんだけど、おれ、両方とも苦手だから……」

「面接と作文か。それはおれもだめだな。委員長だったら得意なんだろうけど」

「沢崎じゃないけど、おれも作文を書こうとしたら、眠くなっちゃうんだよな。このまえ飛鳥山で寝込んだ時みたいに、いきなり睡魔に襲われたら一巻の終わりだよ」

「飛鳥山？　何の話だ？」

祥明の問いに、瞬太は慌てた。

「あっ、えっと……」

「学業成就の護符なら店内へどうぞ」

祥明は強引に江本を店内にひきずりこんだ。

「ごめん、もしかして店長さんには内緒だった？」

江本は小声で謝ったが、すべては後のまつりである。

江本が護符を買って帰った後、瞬太は、恒晴と会ったことから佳流穂に助けられたことまで、洗いざらい話させられた。


週末のセンター試験で、高坂も三井もまずまずの結果をおさめた。

ひとごとながら、瞬太もほっと胸をなでおろす。

だが恒晴や佳流穂のことが気にかかり、まったく勉強に身が入らなかった瞬太自身は、学年末テストでまたも赤点を二科目だしてしまったのであった。

第三話

猛獣たちのチョコレート戦争

一

バレンタインデーまであと一週間。

二月にはいってから、東京はおそろしく寒い日が続いている。

校庭の隅で水仙《すいせん》がぽつぽつ咲きはじめているが、強い北風にあおられ、今にもふきとばされそうだ。

こんな日は熱々のチョコレートドリンクであたたまりたいなぁ。

瞬太《しゅんた》は窓の外を見ながら、ぼんやりと考えた。

「先生、なんとかお願いします！」

「これでも精一杯がんばったんです！」

みどりと吾郎《ごろう》は、みかりんこと山浦《やまうら》先生の前で深々と頭をさげた。

瞬太もあわてて、二人にならう。

一瞬忘れていたが、今日は三者面談で進路指導室によびだされているのだ。もっとも、瞬太の場合、両親がそろって出席するので、四者面談なのだが。

理由は、あれほど警告されていたにもかかわらず、学年末テストで赤点を、しかも二つもとってしまったため、いよいよ卒業が絶望的になってしまったのである。夏休みに入る前に家をとびだしてしまい、七月の期末テストを受け損ねたのが、今さらながら痛恨の失敗だった。

この際、もう一度三年生をやり直して、きちんと勉強してはどうか、というのが先生たちの多数意見なのだが、ここでひきさがるみどりと吾郎ではない。

「また補習ですか……」

山浦先生は面倒臭そうにぼやいた。

「他の先生がたにお願いして補習を組んでもらっても、どうせ沢崎《さわざき》君、熟睡するだけですよね。そういうのはちょっと……」

九月の補習の時、瞬太がずっと眠っていたので、苦情が殺到したのだろう。

「大丈夫です、今度こそ必ず授業中おきていますから！　なんなら私が一緒に補習を受けて、息子が居眠りしないように隣で見張ります！」

「えっ、やめてよ父さん！」

小学生だって保護者同伴で授業を受けるなんてことはない。

文化祭に両親がそろって来るのもかなり照れくさいが、補習に同席されたらそれどころではない。

間違いなく飛鳥《あすか》高校の伝説になってしまう。

それだけは避けないと。

「沢崎君、本当に一人でおきていられるの？」

当然ながら、先生はかなり疑っている。

「も、もちろん！」

瞬太は勢いで約束してしまったのであった。


三者面談の終了後、両親とわかれて陰陽屋へ行くと、墨《すみ》のすがすがしい匂いが店内に広がっていた。

休憩室をのぞくと、祥明《しょうめい》が机に書道セットをひろげて、護符を書いているところだった。

毎年バレンタイン直前になると、恋愛成就の護符が大人気なのだ。

瞬太は童水干《わらべすいかん》に着替えながら、学校での顚末《てんまつ》を祥明に話した。

「それでまた補習か。気の毒に」

「そうなんだ。三年生はみんな来週から自宅学習なのに、おれだけ毎日登校だなんて、ついてないよ」

「おまえは自業自得だろう。気の毒なのは、おまえのためだけに補習授業をさせられる先生たちだ」

「別におれは中退でいいんだけどなぁ」

瞬太は不満げに唇をとがらせるが、そんなの絶対だめ、と、みどりと吾郎にいつも叱られるのである。

しかし九月の補習でずっと熟睡していたのがたたって、今回は、ちゃんとおきていないと出席と認めないという厳しい条件をだされてしまった。

卒業させてもらうため、というよりも、吾郎の登校を阻止するために、なんとかおきているしかない。

しかしはたして自分にそんなことが可能なのだろうか。

「大丈夫かなぁ……」

瞬太はため息をつく。

とにかく今日も明るいうちに掃除を、と、ほうきに手をのばした時、女性たちの軽やかな靴音が聞こえてきた。

きっとバレンタインがらみの占いだ。

瞬太はほうきを提灯《ちょうちん》に持ちかえて、店の入り口に走ったのであった。

二

毎年二月の午《うま》の日には、王子《おうじ》稲荷《いなり》神社で初午祭《はつうまさい》と二ノ午祭《にのうまさい》が開催され、神楽殿《かぐらでん》で舞が奉納《ほうのう》される。

この両日には凧市《たこいち》がひらかれ、社務所で火防《ひぶせ》の凧が授けられる他、境内《けいだい》にはいろんな凧の店が並び、森下《もりした》通りの両側には、お好み焼きやりんご飴、お面などの出店がずらりとならぶ。

今年はたまたま初午が日曜日にあたったため、厳しい寒さにもかかわらず、もこもこの厚着に身をつつんだ人たちで、朝からたいへんな人出である。

陰陽屋もためしに店をあけてみたところ、観光がてら恋占いに来る女性や、今年の運勢を鑑定してほしいという老紳士などで、祥明は大忙しだ。

「忙しい？」

黒いドアを半分ほどあけ、顔をのぞかせたのは、倉橋怜《くらはしれい》だった。ダウンのコートにロングブーツの重装備だ。

祥明は手相占いの真っ最中だったので、瞬太が店の入り口まで走る。

「倉橋も占い？　今、他のお客さんを占ってるから、ちょっと待ってもらうことになるけど」

「ううん、これを持って来ただけ」

倉橋が差しだしたのは、倉橋スポーツ用品店特製の狐タオルと狐手ぬぐいだ。

「あ、今日、売ってるんだっけ」

祥明の紹介で、大晦日《おおみそか》の売れ残りぶんを上海亭《シャンハイてい》の前で販売しているのである。

「うん。お礼にワンセット持って行けって兄さんが。あ、双子じゃなくて一番上の兄さんね」

倉橋家はいまどき珍しい四人きょうだいなのだ。

「売れ行きは順調？」

「もうすぐ売り切れそう。今日は双子の兄さんたちも真面目《まじめ》に接客してるし」

「そうか、良かったな！」

「ひとのことより、自分はどうなの？　いよいよ卒業危ないらしいって聞いたけど？」

「とりあえず、補習にちゃんと出席すれば卒業できることになったよ」

「へぇ、良かったじゃない」

「ま、まあね」

「……目が泳いでるけど何か隠してる？」

女剣士に鋭《するど》い眼差《まなざ》しで問い詰められ、瞬太はたじろいだ。

「だから、ちゃんと……おきてないとだめなんだ……補習中……」

「無理だね」

倉橋はきっぱりと宣告すると、瞬太の愚痴《ぐち》のひとつもきかず、速攻で退散してしまった。

その夜。

次から次へと、友人たちから激励の電話やメールが入った。

「たまたま上海亭にチャーハン食べに行って聞いちゃったんだけど、おまえ、卒業あぶないんだって？　毎日モーニングコールしてやろうか？」

倉橋が兄たちと話しているのを、江本《えもと》が偶然聞いてしまったらしい。

「沢崎、まだ希望はあるから、あきらめないで頑張るんだ」

「今度おれの秘蔵の水着写真集貸してやるよ」

もちろん江本が委員長と岡島《おかじま》に話したのだろう。

さらに。

「沢崎君、あの……怜ちゃんから聞いたんだけど……えっと……あたしも頑張るから、一緒に頑張ろうね！」

「三井《みつい》……」

可憐《かれん》な声に、瞬太の胸は熱くなる。

そうだ、三井と一緒に卒業証書を受け取るんだ。

一人だけ卒業できないなんて寂しすぎる。

「うん。頑張る」

三井と一緒なら、頑張れる。

いや、頑張るしかない。

二次試験前の大事な時間をさいて、電話をくれたのだ。

瞬太は携帯電話にむかって大きくうなずいた。

三

月曜日から、瞬太にとって悪夢の日々がはじまった。

ホームルームはないので、九時までに教室の席についていればいいのだが、席についた途端《とたん》、いや、校舎に入った時にはもう強力な睡魔が襲ってきたのだ。

それでも瞬太は這うようにして自分の席につき、いろんな指の爪の両側をぎゅうぎゅう圧迫した。

これは文化祭の前に覚えた目がさめるツボの場所である。

ただし薬指だけは、逆に爪の両側に眠くなるツボがあるので、絶対に押してはならない。

それでも目がさめない時には、いきなり立ち上がり、「先生、おれ、校庭を走ってきていいですか!?」ときいて教師を驚かせた。

冷たい湿布《しっぷ》を切ってこめかみに貼る、鼻の下にわさびを塗る、コーヒーをがぶ飲みするなど、効果がないと以前確認されたことも、念のためもう一度やってみる。

以前、教室が臭《くさ》くなるから、顔にあれこれ貼ったり塗ったりするのはやめさせろというクレームが只野《ただの》先生にきたらしいが、幸い三年生で登校しているのは瞬太一人なので、臭くしたい放題である。

補習授業中、先生たちは決してマスクをとろうとしないので、かなり臭《にお》っていることは間違いない。

この戦いの日々が二月末まで続くのかと思うと、瞬太は気が遠くなりそうだった。

何より一人でがんばらねばならないのがつらい。

「キャッ、なんなのこの、シーシーした、しかも鼻の奥にツンとくるカオスな臭いは」

休み時間に自分の鼻をつまみながら教室に入ってきたのは、高坂の妹で一年生の奈々《なな》である。

「えっと、眠気覚ましにいろいろ……」

瞬太は奈々が苦手なので、つい、しどろもどろになってしまう。

「あれ？　おきてるじゃん。なーんだ」

よく見ると、奈々の左手には辛子《からし》のチューブが握られている。

「あんたのことを史兄《ふみ》ちゃんが心配してるから、もし寝てたらたたきおこしてやろうと思ったんだけど」

奈々は残念そうに言うと、自分の教室に戻っていった。

次の休み時間に教室にあらわれたのは同級生の青柳恵《あおやぎめぐみ》だ。美術の宿題を提出しにきたついでだと言う。

同じく江本も、先生に書類をもらいに来たついでだと言って、教室に顔をだしていった。

みんな口ではついでだと言うのだが、瞬太を心配して様子を見にきてくれたのは明らかだ。

友人たちの優しさが身にしみるが、睡魔の攻撃も強力である。

なんとか補習を乗り切って、三月七日の卒業式を一緒にむかえられるといいのだが。

時折、恒晴《つねはる》の存在や佳流穂《かるほ》に言われたことが頭のすみをかすめたが、そのたびに、「今はおきていることだけを考えろ」と自分に言い聞かせた。

家に帰ると、吾郎とみどりが「今日はおきていられた?」ときいてくる。

「大丈夫だったと思う。時々気が遠くなりかけたけど、自分の手をつねってなんとか頑張ったよ」

「そうか、よくやったな!」

吾郎は大きなてのひらで瞬太の頭をぐりぐりなでる。

まるで小学生扱いだ。

もっとも、授業中寝なかったことをほめられるなんて、まさに小学一年生レベルではある。

「ご褒美《ほうび》にケーキ買ってきたわよ」

みどりはみどりで、毎日、仕事帰りに、何かしらご褒美を買ってきてくれる。夜勤あけの朝は焼きたてのパンだった。

食べ物でつる、というのは、古典的な手法だが、食べ盛りの男子には効果絶大だ。

ただ一人、瞬太のことを励ましもほめもしないのは、祥明である。

瞬太の卒業に関心がないわけではないのだが、バレンタイン直前なので、とにかく大忙しなのだ。

「告白してもいいですか？　今年は見送った方がいいですか？」「バレンタインの夜、二人の男性からデートに誘われているんだけど、どっちと会うべき？」といった例年通りの恋のお悩み相談から「チョコを渡したい男性が一人もいません。あたしはこのまま結婚できない運命なんですか？」という、きかれてもどうしようもない相談まで、それぞれ真剣なので、うかつなことは言えない。

バレンタインとはまったく関係なく、「携帯電話がなくなって困ってるんだ。どこで落としたのか方角だけでも占ってくれ」「最近呪《のろ》われているような気がしてならないから、お祓《はら》いをお願い」といった依頼もある。

「バレンタインさえ終われば」

「二月いっぱいの辛抱だ」

祥明と瞬太は、それぞれの呪文を唱え続ける日々が続いたのだった。

四

よりによってそんな大変な時に、槙原秀行《まきはらひでゆき》が陰陽屋《おんみようや》へやってきた。

槙原家は祥明が生まれ育った安倍《あべ》家の隣で、祥明とは同じ年の幼なじみである。

「ずいぶん混んでるね」

寒い中、階段で待っている女性たちを見て、槙原は驚いたようだった。

槙原はこの寒いのに、着古した紺のジージャンにジーパン、スニーカーという薄着である。

「クリスマスとバレンタインはいつも混むんだけど、ここのところ初めてのお客さんが多いんだよ。凧市のついでに陰陽屋によった人たちのクチコミがＳＮＳで広がってるみたいで」

「なるほどなぁ」

「商店街の喫茶店で待ってる？　槙原さんの順番が近づいたら電話してあげるよ」

「それが、飲み物を買って来ちゃったんだ」

槙原はいつも陰陽屋に来る時には、自分と祥明には缶コーヒーを、瞬太にはオレンジジュースを買ってきてくれるのである。しかも今日は、ペットボトル入りのホットジュースだ。

こういう面倒見の良さがなぜか女性相手には発揮されないようで、少なくとも三年以上にわたって恋人募集中である。

「じゃあ店の奥の休憩室で待ってる？　かなり狭いけど」

「お、助かるよ。ありがとう」

瞬太が休憩室に案内すると、槙原はベッドの上に散乱した本をどかして、腰をおろした。

瞬太にオレンジジュースを渡すと、自分も缶コーヒーのプルタブをおこす。

「ところで槙原さん、今年は早いね。いつもはバレンタインデーの翌日、チョコをもらいに来るのに、わざわざ予約に来たの？」

瞬太が尋ねると、槙原は表情を曇らせた。

「実はヨシアキに相談があるんだ……」

「えっ、まさか、槙原さんも恋の相談⁉」

「まあね」

槙原は深々とため息をつく。

かなりつらい恋をしているのだろうか。

これまで自分も何度か三井のことで槙原に相談にのってもらったし、何か力になれるといいけど。じゃなくて、ならなきゃ、と、瞬太はひそかに決意した。

ようやくお客さんの波が途切れたのは、閉店間際になってからだった。

珍しくフル回転で働いた祥明が、空腹で倒れそうだったので、食事をとりながら槙原の話を聞くことにする。

「バレンタインまであと三日もあるのか……」

祥明はぼやきながらも、ガパオライスバーガーにかぶりついた。

今夜は上海亭が満員だったので、アジアンバーガーに入ったのだ。

ここでは化けギツネを祖父にもつ、竹内慎之介《たけうちしんのすけ》が働いている。魔性の美人マネージャーが他店に異動して、しばらく魂がぬけていたが、最近新しいアルバイトの女子大生が採用され、無事に復活をはたしたようだ。

学生を中心にまあまあ混んでいる店内で、生き生きと働いている。

「忙しい時にすまないな。どうしてもバレンタイン前に相談したくて」

「バレンタイン前？」

「うん。うちの柔道教室にも、女の子が何人か稽古《けいこ》に来てるんだ。護身用に軽く習っておきたいっていう子から、オリンピックをめざしてる本格派まで、動機はいろいろなんだが……」

瞬太はナシゴレンバーガーを頬張《ほおば》りながらも、ワクワクを隠せない。槙原の恋の相手はどんなタイプの柔道女子なのだろう。やはりオリンピックをめざす本格派だろうか。

「どうも闘争本能が強いというか……トラブルをおこす子が多くて……」

槙原は慎重に言葉を選んでいる。

「今も三角関係になっちゃって一触即発なんだよ。まだ小学生なのに」

「えっ、小学生⁉︎　槙原さんが好きなのって小学生の女の子なの⁉︎」

瞬太は思わずナシゴレンバーガーをテーブルに落としそうになった。

「ちがっ」

槙原も瞬太の反応に驚いて、生春巻を喉《のど》につまらせそうになり、急いでサイゴンビールで流し込む。

「違う、おれは関係ない！　小学六年生三人の三角関係だ！」

五

槙原はあらぬ誤解を強く否定した。

「あー、びっくりした。そういうことか。でも小学生で三角関係って、それはそれですごいね」

「まあ要するに、河田《かわだ》さんと剛力《ごうりき》さんっていう女の子二人が、磯部《いそべ》君っていう同じ男子を好きになってしまったっていう、よくある話なんだ。ただ、この磯部君がとんでもなく優柔不断で、どっちかを選べないどころか、一番気になってるのは輪島《わじま》さんっていう違う女の子だっていうんだよ」

ちなみに剛力さんと河田さんは、将来オリンピックを狙える本格派の柔道女子で、輪島さんは護身用だという。

「それって三角関係なの？」

「正確には違うかもしれないけど、とにかく、今度の金曜日がバレンタインだろう？磯部君がどの子のチョコを受け取るかっていうんで、子供教室の空気がビリビリのギスギスなんだ。二人は稽古中にもばんばんアピール合戦するし、表情はもちろん、態度にも好きっていう気持ちをストレートにだすし。このまえも、磯部君の額《ひたい》の汗をどっちが拭《ふ》くかで、タオルのとりあいだよ。おれが見かねて、汗くらい磯部が自分で拭けって言ったら、二人ともふてくされちゃって、そのあとの稽古中、誰とも口をきかなかったんだ……」

「それは怖いね……」

瞬太は恐怖と緊張のあまり、ごくりと唾《つば》をのみこんだ。

今年聞いた中で、最大の怪談である。

「二人ともまだ子供だからまわりからどう見られるかなんて、全然気にしないんだよ。ライバルの存在が闘争心をあおっているのかよくわからないんだけど、とにかくもうおれの手にはおえなくてさ……」

槇原は何度もため息をつきながら説明したので、フォーを平らげていくスピードがいつになく遅い。

そもそも子供教室に、女子は十人たらずしかいないのだが、どちらを応援するかで河田派と剛力派の二大勢力にわかれて争っているのだという。

二十人以上いる男子たちは、争いを止めるどころか、火の粉がとんでくるのを恐れて、見て見ぬふりである。

そんなわけで、現在、子供教室の雰囲気は最悪なのだ。

「そもそも、磯部君が、一人に決めればすむことだろう？」

「そうだよ！　その輪島さんっていう第三の女の子が好きなら、さっさと告白すればいいんだよ」

祥明の言葉に、瞬太もうんうんとうなずく。

ところが槙原は、悲しげな笑みをうかべた。

「それだとカップルが成立しちゃうだろ？　それはそれで危険信号なんだ。去年も教室内でつきあっている小学六年生の柔道カップルがいたんだが、女子の方が、同じ学校のバスケ男子に心変わりしてしまってさ。仕方がないことなんだけど、その結果、男子の方が柔道をやめちゃったんだよ」

決して柔道を嫌いになったわけではない。

だが、ふられた女の子の顔を毎週見るのがつらいから、もう教室には通えない、と、涙ながらに告げられたのだという。

「そんなことで柔道やめちゃうの？」

「柔道男子って、見かけによらず繊細なんだよ……。だからあの悲劇を二度と繰り返さないように、なんとか恋愛トラブルを未然に防ぎたいんだ。頼む、ヨシアキ、何かいい方法を考えてくれ」

槙原はすがるような目で祥明に訴えた。

「そんなの恋愛禁止令をだせばすむことだろう」

「そんなことをしたら、ほとんどの子が教室をやめちゃうよ。みんな柔道よりはるかに恋愛が大事なお年頃なんだから！」

自分で言っておきながら、悲しくなったらしく、槙原はがっくりとうなだれた。

「おれがもっと……柔道の素晴らしさを、子供たちに教えられたら良かったんだが……」

槙原にとってはけっこう深刻な問題のようだ。

「秀行先生は彼女がいないからそんなこと言うんだ、とでも言い返されたか？　もしくは、柔道ばっかりしてるから結婚できないんだ、か？」

どうも図星だったらしい。

「小学生って、遠慮を知らないからさ……。特に女の子は弁が立つし……」

どうせおれはふられてばっかりだよ……と、槙原は、はるか遠くのブラックホールにすいこまれるような眼差しになってしまった。

「子供教室って、意外と大変なんだね……」

瞬太は小学生女子の破壊力に、心の底からおびえずにはいられない。

自分が槙原と同じことを言われたら、文字通り、尻尾をまいて逃げだしているだろう。

槙原のために何かしてあげたいという気持ちだけはあるのだが、何をどうすればいいのか、さっぱり思いつかない。

「なあ、ヨシアキ。星占いの相性が悪いとか、運命の相手と出会うのはもっと後だとか、適当なことを子供たちに言って、カップルが成立しないようにしてくれよ。おまえなら子供に言い負かされることもないし、うまく説得できるだろう？」

「今は無理だな。おまえも見ただろう？　バレンタインデーまでは国立《くにたち》に行くどころじゃない」

「そうだな……」

祥明が即座に断ると、槇原はしょんぼりとうつむいた。

「でも、ほら、磯部君ってすごく優柔不断なんだよね？　とりあえずチョコは全部受け取って、ホワイトデーまで結論を先送りするんじゃないのかな？」

「たしかに、その可能性もあるな」

「バレンタインをすぎれば陰陽屋も一段落するし、日曜にでも国立に行ってあげようよ」

「国立か……」

瞬太の提案に、祥明は優雅に眉根《まゆね》をよせた。

なにせ槇原家の隣は安倍家で、そこには祥明の天敵である母の優貴子《ゆきこ》がいるのだ。

「安心しろ、優貴子おばさんなら昨日から河口湖《かわぐちこ》だ」

「河口湖？　この寒いのに？」

「これを見ろ」

槇原が祥明に見せた携帯電話の画面に表示されていたのは、ＳＮＳに優貴子が投稿した自撮り写真だった。

「お友達と河口湖のペンションに泊まっています。土日は花火があがるんだって！

すごく楽しみ～、と書いてある」

「たしかにこの富士山とジェットコースターは河口湖だが、本当に母の投稿か？　背景を合成したんじゃないだろうな」

「安心しろ、おれにはそんな技術はない！」

「見せて見せて」

瞬太も槙原の携帯画面をのぞきこんだ。

「あれ……後ろにうつりこんでるサングラスの人、髪の色がいつもと違うけど、キャスリーンじゃないかな」

「む？」

祥明は槙原から携帯電話をひったくるようにして奪い取り、じっと見つめた。

「たしかにこの独特の魔女鼻は、キャスリーンこと月村颯子《つきむらさつこ》だな」

「だよね？　ということは、一緒に河口湖に行ってる友達っていうのは、キャスリーンなのかな」

「ほら、おれのでっちあげ写真じゃなかっただろう？」

槙原はほっとしたようだ。

「待て。確認する」

祥明は寒い中、アジアンバーガーの外にでて月村颯子に電話をかけた。

二言三言話して、すぐに店内に戻ってくる。

「間違いなく、今、母とともに河口湖のペンションに宿泊していて、土日の花火を見物した後、月曜に帰る予定だそうだ。というわけで、日曜なら国立へ行けるな」

「やったね、槙原さん！」

「よっしゃー！　頼んだぜ！」

瞬太と槙原はハイタッチでよろこびをわかちあった。

「おいおい、おれが国立へ行ったからといって、小学生のトラブルを解決できるとは限らないぞ。そもそも子供は苦手だし。聞いてるか？」

祥明はやんわりくぎを刺そうとしたが、大喜びする二人の耳には入らないのであった。

六

バレンタインまであと二日とせまった二月十二日の夕暮れ時。

決戦を前にした女性たちが、入れ替わり立ち替わり陰陽屋へ相談にくるので、祥明は大忙しだ。

そんな中、今年も樟脳臭《しょうのうくさ》いオーバーを着てあらわれたのは、仲条律子《なかじょうりつこ》である。

「もう大丈夫かしら？」

「待たせてごめんね！」

瞬太は提灯を片手に、店の入り口まで走った。

「毎年バレンタイン前は混むってわかってるから大丈夫よ。おしるこも美味《おい》しかったし」

律子には王子稲荷神社の近くにある甘味処《かんみどころ》で、一時間ほど待機してもらったのである。

「ところで瞬太ちゃん、卒業は大丈夫なの？」

「う、うん。補習を全部受ければ卒業させてもらえることになってるよ。寝ちゃだめっていう条件つきだけど」

「あらまあ、それは大変ね」

「律子さん、甘やかさないでください。マンツーマンの補習で寝る方がどうかしてるんですから」

祥明が肩をすくめる。

「で、今日もちゃんとおきていたんだろうな？」

「うん。今日は思い切って、おでこの真ん中にでかい湿布をはって補習受けたんだけど、あんまりきかなかった……。なんとか気合いで頑張ったけど」

「あらまあ、お疲れさま。はい、差し入れのかぼちゃのプリンよ。祥明さんもどうぞ」

律子が保冷バッグからだしたかぼちゃプリンは、生クリームがたっぷりかけられた上に、シナモンパウダーがふりかけられていた。

「いい匂い！　疲れがふっとぶよ。ばあちゃんのプリンを食べると、生きててよかったってしみじみ思うな」

瞬太は口のはしに生クリームをつけたまま、幸せそうな顔でプリンを頬張《ほおば》る。

「あたしの方こそ、瞬太ちゃんにそう言ってもらえると、つくってきた甲斐《かい》があったわ。明後日《あさって》は、腕によりをかけて最高のチョコプリンをつくってくるから、楽しみにしていてね」

「本当に⁉　ありがとう！　すごくすごく楽しみだよ！」

瞬太は目をキラキラさせて、満面に笑みをうかべた。

最高のチョコプリン！

想像しただけで、よだれがじゅわっとふきだしてくる。

「瞬太ちゃんは本当にいい顔で笑うわね。ここで瞬太ちゃんに話を聞いてもらうだけで癒《い》やされるわ」

「もしかして辛《つら》いの？　旦那さんのこと……」

律子の夫は、軽度の認知症なのである。

「大丈夫よ、薬がよく効いて、ここのところ進行は止まってるの」

「それならいいけど。もし辛いことがあったら言ってね。おれは聞くことしかできないけど、看護師の母さんなら、何かアドバイスできることあるかもしれないし。あっ、おれ、ハンドマッサージはだいぶうまくなったよ！」

「ありがとう」

いつもいかめしい律子の顔に、孫を愛おしむような笑みがうかぶ。

「でもまずは、勉強頑張らないとね、瞬太ちゃん」

「うっ、うん、明日も頑張るよ！」

力強く言い切ったものの、瞬太はつい、目をそらしてしまう。

実にこころもとない決意表明だったが、律子は目を細めて、うなずいたのであった。

七

いよいよむかえたバレンタインデー当日。

瞬太は朝から補習授業だった。

教室にいる生徒は瞬太ひとりなので、当然、机の中に何かが入っているはずはない。

それでも一縷《いちる》の望みをたくして確認してみるが、やはり空《から》っぽである。

いつもバレンタインの直前から当日まで、チョコレートの甘い香りをまとって登校していた三井。

今年も手作りしたのだろうか。

そして今頃、陰陽屋の祥明に……。

こんなことなら佳流穂に修業を頼めばよかった。

佳流穂の嗅覚なら三井が自宅をでて、陰陽屋の階段をおりていくところまで追尾できるのだろうか。

チョコレートを渡す時には、あの小さな耳たぶまで真っ赤になっているのだろう。想いをしたためたかわいいカードや、手紙がそえてあるのかもしれない。

だめだ、想像しただけで、心がダークサイドに堕《お》ちそうである。

いやいやいや、三井は今、受験シーズンのまっただ中なのだ。

センター試験が終わった後も、二次試験があるらしいし、真面目な三井は今頃、ひたすら机にむかって勉強しているはずだ。

それとも実技の勉強をしているのだろうか。

入試の実技って、その場で土をこねて、皿とか焼くのかなぁ。

まったく想像もつかないが、とにかく三井は頑張っているはずだ。

バレンタインなんかにうつつをぬかしていない。いないはずだ。

瞬太は頭を左右に激しく振り、自分の妄想を打ち消そうとした。

「沢崎君？　大丈夫ですか？」

ふと気がつくと、教壇の只野先生がけげんそうな顔をして、瞬太の方を見ていた。

しまった、まだ授業中だったのだ。

「えっ、あっ、うん、ちょっと、その、眠気覚ましに」

「そうですか」

瞬太の言い訳《いわけ》に、只野先生はにっこり笑う。

「今日は一睡もしていないし、沢崎君はここのところ、本当によく頑張っておきていますね。その心がけが素晴らしいです」

嫌味ではなく、本心から誉めてくれているようだ。

瞬太がおきていたのは、ダークな妄想でもんもんとしていたせいで、授業はまったく聞いていなかったのだが……。

「ま、まあ、できればみんなと卒業したいしね、あはは」

瞬太はしらじらしい返事をしながら、後ろめたい気持ちでいっぱいになったのであった。

八

昼前に補習が終わると、瞬太は全速力で陰陽屋にむかって走った。

今年も女性たちの行列が階段の上の方まで続いている。

恋愛相談ではなく、祥明にチョコレートを渡すための列だ。

行列の中に三井の姿がないのを確認して、瞬太はほっとした。

「こんにちは、いらっしゃい」

瞬太は笑顔であいさつしながら行列の脇をかけおり、黒いドアをあけて店に入る。

薄暗い店内のテーブルには、早くもチョコレートの山が築かれていた。どれもきれいにラッピングされ、カードが添えられている。

祥明はテーブルの前に立って、お客さんからチョコレートを受け取り、お礼を言う。

「三月にはお返しのお菓子を用意してお待ちしておりますので、ぜひまたおはこびください」と、極上の営業スマイルで次回来店を約束させるのを忘れない。

三年目ともなると慣れたものである。

さすがに今日は占いやお祓《はら》いはすべてお休みで、チョコレートを受け取って少し会話をするだけだ。

これで握手もしたらアイドルのファンイベントなのだが、そこまですると商店街からクレームがでそうなので、おしゃべりだけである。

瞬太は素早く店内を見回した。ここにも三井はいない。

「あのさ、祥明、今日は三井と倉橋は……」

「来てないぞ」

祥明のそっけない答えに、瞬太はほっと胸をなでおろした。

「そうか、ならいいんだ。このチョコレート、山が崩れるといけないから休憩室に持っていくね」

「頼んだ」

瞬太はテーブルの上のチョコレートを抱えられるだけ抱えると、休憩室にはこび、机の上におろす。

祥明を疑うわけではないが、信用もできない。なにせさらっと嘘をつく男だ。

一個ずつ匂いを嗅《か》いでいき、三井の匂いがついたチョコレートがないことを確認すると、今度こそ瞬太は安心した。

「よし、大丈夫！」

声にだして言ってから、瞬太ははっと我に返った。

「何やってるんだよ……」

急に自分が恥ずかしくなったのだ。

三井の幸せのために、祥明とうまくいくよう願うべきなのに、自分は本当に心が狭い。

三井の優しさのかけらでも自分にあればよかったのに。

でも、どうしても、祥明とだけはうまくいってほしくないのだ。

せめて相手が委員長か、江本なら良かったのに……。

瞬太はへにょへにょと椅子にくずおれると、深々とため息をついた。

九

予告通り、律子がとびっきり美味しいチョコプリンをつくってきてくれたおかげで、瞬太は浮上することができた。列整理やチョコレートはこびなどをいそいそとこなし、午後八時の閉店をむかえる。

ずっと立ちっぱなしで話していた祥明は、最後のお客さんを見送った直後、沓《くつ》をはいたままベッドに倒れ込んだ。さすがに限界らしい。

瞬太が階段をのぼり、通りにだしている陰陽屋の看板を片付けていると、聞き覚えのある靴音がためらいがちに近づいて来た。

この靴音は。

瞬太が靴音のする方に顔をむけると、そこに立っていたのは、生みの母の葵呉羽《あおいくれは》だった。

「あの……こんばんは」

瞬太はびっくりして、両手で看板を持ったまま、尻尾《しっぽ》をぶわっとふくらませてしまう。

狐の行列以来なので、一ヶ月半ぶりの再会だ。

フードつきのかわいらしいコートをはおっているせいか、今日は一段と若く見える。

この人が母親だというのは、やっぱり不思議な感じだ。

「あの……」

呉羽は、もじもじしながら、瞬太の前に立つ。

「急に来てごめんね。これを渡したくて」

呉羽は肩にかけたトートバッグから、小さな包みをとりだした。

包装もあまりきれいじゃないし、リボンの形もゆがんでいる。

どうやらチョコレートを手作りしたようだ。

「えっと、あの、ありがとう」

包みを受け取る時にふれた指先は、すっかり冷え切っていた。

もしかして、瞬太がでてくるのをずっと待っていたのだろうか。

「まずかったら捨ててもいいから」

「そんな……」

その後は話が続かず、気まずい沈黙が流れてしまう。

どうしよう、聞きたいことはたくさんあったはずなのに、突然すぎて頭がからっぽになってしまった。

「あの、じゃあ、あたしはこれで」

呉羽は右手を肩の高さにあげて、小さくふった。

きびすを返して、王子駅へむかおうとした時。

「呉羽さん？」

よく通る、凛《りん》とした声が響いた。

なかなか瞬太が店へ戻ってこないので、祥明が不審に思い、様子を見にあがって来たらしい。

「お久しぶりです。中でお茶でもいかがですか？」

「あの、でも、今日はお疲れなんじゃ。ずっと階段にお客さんが並んでたし……」

呉羽が遠慮がちに言う。

やはりずっとこのへんで様子をうかがっていたのだろう。

「ご存じでしたか。正直言うと、私がお茶を飲みたいんです。ずっと話してましたから。お付き合いいただけませんか？」

有無を言わせぬ営業スマイルで、祥明は強引に呉羽を店内に誘った。

このスマートな客引きも雅人《まさと》仕込みだろうか、と、瞬太は感心する。

呉羽をテーブル席に案内すると、瞬太は大急ぎでお茶をだした。

「あったかい。ありがとう」

瞬太がいれたお茶を、呉羽は嬉しそうに口にはこぶ。

「もしかして、キツネ君のことが心配で様子を見にいらしたんですか？」

「いえ、バレンタインデーにチョコを渡すのが夢だったので」

呉羽が恥ずかしそうに話すと、祥明は軽く眉をつりあげた。

「そうでしたか」

営業スマイルのままだが、少しばかり呆《あき》れたのだろう。

「てっきり恒晴さんと佳流穂さんのことが、お耳に入ったのかと思いましたが」

「えっ？」

呉羽は首をかしげた。

「何も話してないのか？」

「うん。心配かけたくなかったから……」

そもそも瞬太は、自分から呉羽に連絡をとることはないし、呉羽からも連絡はない。葛城《かつらぎ》からは週に一度、瞬太の携帯に電話がかかってくるが。

「あの二人がどうかしたの？」

呉羽は不安げに尋ねる。

「王子に来たんですよ。キツネ君に会いに」

「恒晴さんが⁉」

呉羽は真っ青になった。

十

呉羽は小さな両手で、湯呑みをぎゅうっと握りしめる。

瞬太がことの顚末《てんまつ》を説明するのを、呉羽は「えっ」「そんな」「本当に⁉」などと口走りながら、一所懸命、聞く。

「じゃあ佳流穂《かるほ》が助けてくれたのね。お友だちにも怪我《けが》がなくて良かった……」

話を聞き終わると、呉羽は大きく息を吐いた。

「恒晴さんは瞬太君に何を話すつもりだったのかしら……。それとも話なんかしないで、どこかに連れていくつもりだったのかも」

呉羽の顔は少し蒼《あお》ざめている。

「立ち入ったことをおうかがいしますが、そもそも亡くなった燐太郎《りんたろう》さんと恒晴さんは、ただの友人だったのですか？」

　祥明の問いに、呉羽はこくんとうなずいた。

「あたしの知る限り、あの二人は、本当に仲のいい親友でした。しかも燐太郎さんは颯子さま付きだったので、いつも忙しくあちこち飛び回っていたのですが、時間をつくっては恒晴さんと会って、お酒を飲んだりしていたようです」

　燐太郎は、代々颯子のお付きをつとめる家系の出で、すぐれた妖力の持ち主だったが、むやみに力を振り回すことのない、もの静かで気性の穏やかな男だった。

　一方の恒晴は、母は強い力をもつ妖狐だったが、父は普通の人間である。そのため妖力もさほどではない。誰にでも優しく親切だが、ひょうひょうとしており、つかみどころのないところもある。

「まったくタイプの違う二人ですが、たしか、たまたま高校が一緒で、友人になったと聞きました。あたしと燐太郎さんが付き合っていた頃には、三人で食事に行ったことも何度かあります。その頃は高輪《たかなわ》恒晴という名前でしたが」

　もともとキツネ同士はあまりお互いの生活に干渉することなく、家族であっても、子供が独立したら、頻繁《ひんぱん》に連絡をとりあうようなことはしない。みな人間社会にとけこんで、それぞれの生活を営む。

とりたてて用事もないのに、わざわざ連絡をとり、顔をあわせるのは、本当に親しい者だけなのだ、と、呉羽は説明する。

「燐太郎さんが亡くなった時も、恒晴さんは心の底から悲しんでいるように見えました。だから、あたしが身ごもっていることがわかった時に『燐太郎の子供の父親がわりになりたい』というプロポーズを何の疑問もなく受けいれてしまったんです」

「なるほど」

祥明はすらりと長いひとさし指をこめかみにあて、うなずいた。

「ところで呉羽さんも、何か妖術を使えるんですか？」

「あたしはちょっと狐火がだせるくらいで、特には……。あ、少しだけ変身できます」

「へ、変身⁉」

瞬太が驚いてきき返すと、呉羽はちょっぴり自慢げに胸をはる。

「たとえば、尻尾の数を、一本から三本まで、自在にコントロールできるんですよ」

「……へー……」

その妖術は別に受け継がなくてもいいかな、と、瞬太はこっそり考えた。

「佳流穂さんみたいに嗅覚の修業をしたりしなかったの？」

「あたしはそういうの苦手で……」

「やっぱり修業をするなら佳流穂さんに教えてもらわないとだめなのか……」

「たしかに佳流穂の嗅覚はすごいけど、本人が教えてくれるって言ったの？」

「うん。まわりの人を巻き込まないためにも、王子をはなれて、自分と暮らした方がいいって」

「佳流穂がそんなことを!?　まったく油断も隙もないんだから。もちろん断ったんでしょう!?」

「もうすぐ高校卒業だから、返事はそれまで待ってくれって答えた」

「どうしてすぐに断らなかったの!?」

呉羽に両手で肩をゆすぶられ、瞬太はびっくりする。

「だって……目の前で江本と岡島が倒れて……。このままじゃ本当に危ないかもって思ったんだ……」

瞬太はしょんぼりと三角の耳を伏《ふ》せ、ふさふさの尻尾を床にたらした。

「もし鼻を鍛《きた》えたいんだったら、小志郎《こしろう》さんが教えてくれるんじゃないかしら」

小志郎というのは、クラブドルチェでバーテンダーをしている葛城のファーストネームである。

「葛城家の人たちはみんな真面目《まじめ》だし、一通り何でも修業していると思うの。そうよ、卒業した後、王子をはなれるつもりなら、あたしと暮らしましょう」

呉羽は自分の思いつきに興奮して、目をキラキラさせる。

「え、でも、修業は苦手なんだよね？」

「あたしは修業しないけど、やり方を小志郎さんにきいて教えることはできるわ。大丈夫、まかせて！」

「それなら、呉羽さんではなく、葛城さんと暮らした方が、確実に修業できそうですが」

祥明の指摘に、呉羽は愕然《がくぜん》とした顔をした。

ショックをうけた時の表情は、瞬太によく似ている。

「……修業……しとけばよかった……」

涙目で唇を尖《とが》らせる呉羽は、まるで小学生だ。

祥明がすっとティッシュをさしだす。

「いずれにせよ、すべては高校を卒業してからの話です。それまでは呉羽さんもキツネ君をそっとしておいてください」

「はい……」

呉羽は小さくうなずいた。

帰り際、呉羽はトートバッグをかきまわし、下手くそなリボンをかけた包みをもう一個、とりだした。

「これ、よかったら、祥明さんに」

「お気遣《きづか》いありがとうございます」

祥明は一瞬ひるむが、営業スマイルで受け取る。瞬太のバースデーケーキに、小さな塩のかたまりが入っていたのを思い出したのだろう。

瞬太と二人で階段の上まで呉羽を見送り、店に戻ると、祥明はそっと槙原家行きの大きな紙袋に呉羽のチョコレートを入れたのであった。

十一

日曜日。

陰陽屋は定休日だが、槙原の懇願に負けて、祥明は国立へむかった。

槙原が心配なので、瞬太も一緒について行く。

祥明の私服は、定番の、黒いスーツに黒いコート、紫のシャツに青いネクタイという、ホスト全開のコーディネートだ。

長い黒髪ともあいまって、電車内の視線を一身に集めているのだが、本人は平然としている。

むしろ白の狩衣にくらべると、地味にまとめたくらいだと、自分では思っているのだ。

二人が槙原家の道場をのぞくと、ちょうど子供教室の真っ最中だった。

祥明を見かけると、槙原が入り口までとんできた。

「よく来てくれたな、助かるよ！」

稽古中なので当然だが、柔道着姿である。

エアコンがついているとはいえ、かなり寒そうだ。

「で、どの子だ？」

「あの背の高い、ちょっときれいな色白の男の子が磯部君だ」

目のさめるような美少年というほどではないが、大きな瞳が印象的な、優しそうな面差《おもざ》しの男子だ。柔道は可もなく不可もなくといったところか。

「前髪を輪ゴムでくってヤワラちゃん風にしている小柄《こがら》で俊敏《しゅんびん》な女子が河田さん、ひときわ大柄でパワフルなのが剛力さんだ」

「剛力さんは見るからに強そうだな」

名は体をあらわす、という言葉通り、本当にこれで小学生かというくらい、背が高く、肩幅も広い。

「ああ、彼女は名前が陽奈子《ひなこ》だから、それにひっかけて、ヒグマの剛力と恐れられているパワーの持ち主だ」

「ひしかあってないよ？」

「河田さんは名前が絵莉名《えりな》だから、ハイエナの河田だ」

「お、おう」

　こちらは二文字あっているが、いったいどういう柔道スタイルなのか想像がつかない。

「剛力さんはもちろん、河田さんも本気をだせば、かなりいい線いくと思うんだが、なにせ今は磯部君に夢中で、全然稽古に身が入らなくてな」

　槙原は悲しげにため息をつく。

「恋愛にうつつをぬかすヒグマ娘とハイエナ嬢か。なかなかシュールだな。で、子鹿君はどっちのチョコを受け取った？」

　子鹿というのは、大きな瞳の磯部君のことだろう。

「瞬太君の予想通り、ホワイトデーまで保留中だ」

「やっぱりそうきたか。で、子鹿が気になっているもう一人の女の子はどの子だ？」

「風邪で先週から休んでるよ」

「仮病か。派閥争いに巻き込まれるのを恐れたんだな」

「かもしれない……」

　槙原は悲しげにうなずいた。

　さっさと磯部君が一人に決めないからいけないいんだよ、と、瞬太は思っていたが、まさかヒグマとハイエナの異名をもつ二人だとは。

　外見的には、どちらも普通、長身の剛力さんにいたっては見ようによってはモデル体型ですらあるのだが、どちらも性格と柔道スタイルが激しそうである。

　そうこうしているうちに、生徒たちが、ちらちらとこちらを見はじめた。

　あやしげな黒ずくめの存在に気がついたのだろう。

「先生、もしかしてこの人、王子の陰陽師さん？」

「陰陽師さん久しぶり！　今日は何しに来たの？」

「お兄さんは今日は耳と尻尾つけてないんだ。つまんないの」

　去年、陰陽屋で優勝祈願をした子たちは、祥明と瞬太のことをよく覚えていた。

「秀行先生に頼まれて、差し入れのチョコレートをいっぱい持って来たんだ。稽古が終わったら一個ずつ配るから楽しみにしていてくれ」

　祥明はチョコレートの包みでいっぱいの紙袋を子供たちに見せた。実は王子から国立まで紙袋を持ってきたのは瞬太だが、道場の前で祥明が受け取ったのである。

「女子ももらっていいの？」

「もちろん」

「やったー！」

　みんな嬉しそうにはしゃぎまわる。

「この包み紙はゴディバだよ！」

「あたしはこっちのサロンドロワイヤルがいい。でもこれって京都店の限定品だよね？　京都に行って買ったの？」

「そんなのお嬢さんは気にしないでいいんだよ」

　もらいものの横流しだとばれたら、ありがたみが半減するので、祥明は営業スマイルでしれっとごまかす。

「あたしはジャン＝ポール・エヴァンが好き！」

　子供たちは生意気にもえり好みをはじめた。

「磯部はいらないだろ？　一昨日《おととい》いっぱいもらってたし」

　いがくり頭の小柄な男子が、キヒヒヒ、と、歯を見せて笑った。

「え……」

　磯部も祥明からチョコレートをもらえるとばかり思っていたので、戸惑《とまど》った表情になる。

「そうね、磯部君はあたしがあげたベルギーのチョコがあるし」

「あら、磯部君はあたしの手作りチョコの方がおいしかったってよ」

磯部がうまくかわせないでもたもたしているうちに、ヒグマとハイエナが割り込んできた。

いがくり頭は自分の失態に気づき、しまった、という顔をするが、もはや手遅れだ。そーっと三歩後じさり、槙原の大きな身体のかげにかくれる。

「手作りにまさるチョコはないよね。愛がこもるよ」

「しょせん素人《しろうと》の手作りでしょ？　絶対、高級ショコラティエのチョコの方が美味しいに決まってるじゃん」

ヒグマが吠えると、ハイエナが牙をむく。

「あたしも手作りの方がいいと思うな！」

「手作りは自己満足だよ」

女子たちは手作り至高派と高級ショコラティエ派にざっとわかれた。

十二

これが槙原が言っていた二大派閥の、河田派と剛力派なのだろう。

男子たちは巻き添えを恐れて、ぎゅっと口をつぐんでいる。

大きな瞳の子鹿は言葉を失い、細い足をプルプルさせて、槙原に助けを求めた。

「まあまあ、手作りでもお店で買ったものでも、チョコは全部美味しいよ」

槙原はなんとか事態を丸くおさめようとする。

だが槙原の適当な言葉は逆効果だった。

「秀行先生は全然わかってないよ」

「そうだよ、先生にチョコの何がわかるっていうの⁉」

「そもそもバレンタインデーにチョコもらったことなんかないって、言ってたよね？」

すさまじい剣幕で女子たちのつきあげをくらう。とんだやぶへびだ。

「お、おれはたしかにチョコには縁がない人生をおくってきたが、そこの陰陽師は違うぞ。なにせ毎年、百個以上のチョコをもらう男なんだから！」

「ええっ⁉」

「本当に⁉」

子供たちの驚愕《きょうがく》と羨望《せんぼう》の眼差しが一気に祥明に集まる。

「本当だ」

祥明はかるく肩をすくめる。本当か嘘かと言えば、間違いなく本当だ。

「で、どう⁉　やっぱり高級チョコの方が美味しい？」

「うーん、ひとくちにチョコと言っても、ビターなダークチョコからまろやかなミルクチョコ、あるいはホワイトチョコ、とろける生チョコ、ナッツやフルーツを使ったものと千差万別だし、人によって好みがあるから、あくまでも個人的な見解だが」

祥明はもったいぶって長々と前置きをした。

「一番美味しいのは、運命の人からもらうチョコだ」

「運命の人……？」

そんなの答えになってないよ、と、反論しかけた河田に、祥明は極上のホストスマイルをむけた。

膝を折り、正面から柔道少女の瞳をのぞきこむ。

「君にもいるよ。運命の人が」

「ほ、本当に……？」

「占ってみようか？」

祥明の漆黒《しっこく》の瞳に吸い込まれるように、少女はこくりとうなずいた。

「手を見せてもらえるかな？」

河田がおずおずとさしだしたてのひらに、祥明はそっと人差し指でふれる。

「ここに短い線が三本あるのがわかる？　これが恋愛線だ」

「は、はい」

「君が最初に恋に落ちるのは二十歳《はたち》前後だね。燃えるような激しい恋になるだろう」

「はたち……」

「磯部君は違うってことね」

剛力の指摘に、河田ははっとした表情になる。

「君も占ってみようか？」

祥明はすかさず、剛力の瞳にむかってささやきかけた。

十三

「気になるだろう?」

「ま、まあね……」

祥明は左手で河田の手を握ったまま、右手で剛力の手にふれた。

「君は……一度目は三十歳くらいで、二度目の恋は五十歳くらいだね」

「えっ、そんなに遅いの……?」

「遅くないよ。君はその頃、とても魅力的な大人の女性になっているだろう。運命の相手をとりこにするには、ちょうどいい」

「そ、そうかな」

さっきまでのふてぶてしい態度はどこへやら。はにかんだ微笑《ほほえ》みの乙女になりきっている。

「でも、恋に落ちる何年も前に、先に出会ってるって可能性もある?」

どうやらまだ磯部少年のことをあきらめきれていないらしい。

「もちろん、同窓会で久しぶりに再会した相手と運命の恋に落ちる人はたくさんいるよ。でも今はまだその時じゃないって、君の恋愛線が告げているね」

「そうなんだ……」

柔道女子たちは、神妙《しんみょう》な顔で自分の恋愛線を見つめた。

「もし手相占いなんか信じられないと言うのなら、星座でも四柱推命《しちゅうすいめい》でも、お好みの方法で占ってあげられるけど？」

祥明は自信たっぷりの微笑みで、乙女たちの瞳を交互にのぞきこむ。

もちろん事前に槙原から、河田、剛力、磯部の誕生日と血液型のデータを教えてもらって、都合のいい解釈をばっちり準備してきているのだ。

こういう時、タロットやトランプのように結果をコントロールしにくい占いは使わないのがコツらしい。

いったん引き受けたからには、きっちり仕事をするところが祥明の偉いところだよな、と、瞬太は感心する。

わざとなのか、つい自然になのか、小学生相手にホストモードを発動するのはどうかと思うが。

「あ、あの……あたし、陰陽師さんの手相占いを信じます」

「あたしだって！」

剛力が言うと、負けじと河田もアピールした。

「そう？　でもせっかくだし、星座占いくらい……」

「いえ、大丈夫です。あたし、運命を確信したんです。二十歳で大恋愛して、結ばれるって」

「あ、そう……」

せっかくの下調べが無駄になって、祥明はちょっとものたりなそうだ。

「あのぅ、また、大人になったら、占ってもらえますか？」

「あたしも占ってほしい！」

「あたしも！」

少女たちは口々に訴えた。

「いつでも陰陽屋へどうぞ」

「はいっ！」

みな一斉に、瞳をキラリと、あるいはギラリと輝かせる。

「さあ、気がすんだだろう？　稽古に戻った戻った」

槙原に邪魔されて、狩りの態勢に入っていた猛獣たちは不満げだったが、祥明に笑顔で「頑張って」と応援され、ご機嫌で稽古に戻っていった。

「じゃ、チョコはここに置いていくから」

「ありがとうな、助かった！　あ、優貴子おばさんは河口湖だから、安心して家に顔をだすといい」

「ああ、うん」

祥明は気のりしない様子で答えると、瞬太とともに、柔道場を後にしたのであった。

十四

槙原家をでると、祥明は国立駅にむかって早足で歩きはじめた。

「おい、祥明、家によれって槙原さんが言ってただろ」

「おれは二時間以上、国立にいられない体質なんだ」

もちろん嘘である。

「じゃあおれ、一人でじいちゃんに会ってくる。今年になってからまだ一度も陰陽屋へ来てないし」

「好きにしろ」

「好きにする」

瞬太は一人で歩きはじめたが、左手が祥明の黒いコートのすそを握っている。

「おい、コートをひっぱるな」

「やっぱり一人で行くのはちょっと……おまえの母さん怖いし……」

優貴子は愛する息子が王子に居ついて国立に戻ってこないのは、キツネの子にたぶらかされたせいだと信じているのだ。

当然、キツネの子、つまり瞬太のことは憎んでいて、何度も捕まえられそうになったことがある。

今日は河口湖に行っているから大丈夫だと頭ではわかっていても、なんとなく怖い。

「まったく。もしもの時には全力で逃げるぞ」

「わかってる」

祥明の言葉に、瞬太は重々しくうなずいた。

祥明と瞬太が来ることは槙原から聞いていたようだ。祥明の祖父、安倍柊一郎《しゅういちろう》とその妻の寧子《やすこ》は、二人を喜んで出迎えてくれた。

「秀行君の相談は無事に解決したの？」

「たぶんもう大丈夫でしょう」

寧子は瞬太の好きなお菓子の盛り合わせとお茶をだしてくれる。

瞬太がいつも陰陽屋でだしているお茶よりも、はるかに美味しい。

「じいちゃん、体調はどうなの？」

「もうすっかり平気だよ。ありがとう」

柊一郎は昨年、心臓のペースメーカーをいれる手術をうけたのだ。

本人は最初、もう十分生きたし、ペースメーカーは必要ないと拒絶していたのだが、瞬太に泣きつかれ、さらに寧子に叱られて、手術を決意したのである。

「なんだか顔色よくなった気がする。良かった」

瞬太はほっとして、大きく息を吐いた。

「瞬太君の方は、なんだかさえない顔色だね」

「うっ、そう!?」

瞬太は慌《あわ》てて、両手で自分の顔をはさむ。

「実はおれ、高校を卒業できるかどうか、まだわからないんだ」

「それは大変だねぇ」

柊一郎は、言葉とは裏腹に、楽しそうに微笑んでいる。

「他にもいろいろあって、おれ、まわりの人たちに迷惑や心配をかけてばっかりでさ。これ以上、父さんや母さんや友達を巻きこまないためにも、王子をはなれなきゃいけないんだ。頭ではわかってるんだけど……」

瞬太は情けない声で、ぼそぼそと言う。

「おれって、なんだか、いるだけで迷惑かけちゃう。だめだよね……」

「ふーむ」

柊一郎は、仙人のような白く長い顎鬚《あごひげ》をなでた。

「日本人は子供に、他人《ひと》に迷惑をかけてはいけませんと教えるけど、インドではね、人間は周りに迷惑をかけずに生きることはできないのだから、他人があなたに迷惑をかけても赦《ゆる》しなさいって教えるそうだよ」

「迷惑、かけてもいいんだ……」

インドの子供がうらやましい。

王子がインドだったらよかったのに。

「でもおれ、インド人じゃないから……」

瞬太がボソボソ言うと、祥明は眉を片方つりあげた。

「キツネ君はそもそも普通の人間じゃないだろう」

「あっ」

瞬太は目を大きく見開く。

言われてみれば、自分は日本人どころか、人間とは違う生き物だった。日本国籍はもっているが。

「日本人でも、迷惑をかけていいんだよ。お互い様だ」

柊一郎は優しい眼差しで瞬太に語りかける。

「でもおれ、迷惑をかけられることより、かけることの方がはるかに多いんだけど、いいのかなぁ」

「それなら、瞬太君は、お互い様を一歩すすめて、自分がまわりに迷惑や心配をかけたぶんだけ、他の人を助けてあげられるようにすればいいんじゃないのかな。そうしたら君も幸せになれるし、一石二鳥だろう」

「幸福学ですか？」

　祥明の問いに、柊一郎はうなずく。

「うん。あれは興味深い学問だね」

「おれに人助けなんかできるかな……」

「人助けといっても、小さな親切でいいんだよ。電車で席をゆずるとか、迷っている人に道案内をするくらいで十分だ」

「それくらいなら、おれでもできるかも」

　瞬太は今にも泣きだしそうだった顔に、くしゃくしゃの笑みをうかべた。

「ありがとう、じいちゃん。おれ、いつも逃げてばっかりだったけど、何かできることをさがしてみるよ」

「瞬太君はいい子だねぇ」

「本当にヨシアキさんは瞬太君に手伝ってもらって幸せね」

　柊一郎と寧子は優しく微笑んだ。

「それほどでも」

瞬太が照れて頭をかいた時、ドアがあく小さな音がした。

「あれ、誰か来た？」

「え？」

瞬太のキツネ耳にしか聞こえなかったのだろう。

安倍家の三人は、不思議そうな顔をしている。

「キツネ君、何か聞こえたのか？」

「うん。こっちに近づいてる……すり足……ううん、忍び足……？」

そう言いながら、瞬太は立ち上がって、そろりそろりと窓際に移動した。

ただならぬ気配を察して、祥明も立ち上がる。

「ヨシアキ確保～～！」

いっきに開け放たれたドアからとびこんできたのは、案の定、優貴子であった。

右手に祥明の靴をさげている。

「お母さん、明日まで河口湖じゃなかったんですか!?」

祥明は祖父の背後に逃げ込んだ。

「うふふ、いつもヨシアキがＳＮＳであたしのことをだますから、たまにはあたしがヨシアキを釣ってみることにしたの。あたしの投稿を見てくれるか心配だったけど、うまくいったわ」

颯子はこの陰謀には無関係で、今朝、優貴子が急に一人で東京へ帰ると言いだした時、驚いていたという。

「くっ、秀行が余計な事を言わなければ……」

祥明と瞬太は、じりじりと窓際に追いつめられた。

窓をあけて庭へ逃げることは可能だが、いかんせん靴を押さえられている。

王子までスリッパで帰るのは厳しい。

「いくら逃げ足の速いヨシアキでも、靴なしじゃ逃げられないわよね」

「優貴子、大人げないまねはやめなさい。ヨシアキが困っているだろう」

「そうですよ、小学生じゃあるまいし」

「そんなこと言ったって、ヨシアキは逃げてばっかりだし……」

柊一郎と寧子にたしなめられ、優貴子が不満げな顔をした時。

「キツネ君、先に行け！」

「悪いな！」

瞬太は窓をあけると一人で庭にとびおり、かけだした。

スリッパだが、それでもかなりのスピードだ。

「キツネの子⁉」

優貴子が瞬太に気をとられた瞬間、祥明は優貴子の脇をすりぬけ、玄関にむかった。

自分の靴は母にとられてしまったので、祖父のサンダルと瞬太のスニーカーをつかんで走る。

その日、両手に靴を持ってスリッパで全力疾走する不審な黒服の男を見た、という書き込みが、ＳＮＳに多数投稿されたのであった。

十五

火曜日はおだやかな冬晴れだった。

北風が吹いていないだけで、ずいぶん体感温度が違う。

日が暮れてしまわないうちに、と、瞬太が階段を掃《は》いていると、日曜に会ったばかりの槇原が陰陽屋にあらわれた。

槙原は、いつもはコンビニの白いビニール袋しか持っていないのだが、今日は、国立までチョコレートを入れて持って行った紙袋をさげている。

わざわざ紙袋を返しにきたのだろうか。

それにしては、紙袋に何か入っているようだが。

「一昨日《おととい》はわざわざ国立まで来てくれてありがとう。助かったよ」

槙原は店の奥のテーブル席につくと、ビニール袋からあたたかいオレンジジュースのペットボトルをとりだして、瞬太にわたす。

休憩室からのっそりでてきた祥明には、無糖の缶コーヒーだ。

「料金だ。たりない分は月末にバイト代が入るまで待ってくれ」

槙原は祥明に茶封筒をさしだす。

「おれたちが帰った後はどうだった？　磯野君のとりあいが再燃したりしなかったか？」

「磯野君は無事だ。だが」

「だが？」

「これ、昨日、子供教室の女子たちが持って来たんだ。陰陽師さんにだってって」

槙原が持参した紙袋の中を見て、瞬太はびっくりした。かわいらしい包装のチョコレートが、十個以上入っていたのである。

「えっ、これ、子供教室の女の子、ほぼ全員分じゃない⁉」

「うん。もう磯部君の存在なんか、みんなの記憶から消しとんでるよ」

「ヒグマの子とハイエナの子も？」

「二人ともすっかりヨシアキに夢中だ」

「いや……別に、いらないんだが……」

祥明は困惑ぎみだ。

なにせ陰陽屋のお客さんたちからもらったチョコレートが、まだ大量に残っている。

「まさか受け取らないとか言わないよな。うちの柔道教室、チョコを一個ももらえなかった男子がいっぱいいるんだぜ？　大人もな」

「まさか秀行……おまえもか？」

「もちろんだ！」

槙原は腕組みをして、自慢げに答えた。

さすがに三十をすぎると、母も妹も祖母もくれないらしい。

「……ありがたくいただいておく」

「当然だ」

槙原は、うむ、と、うなずいた。

「瞬太君は今年はどうだった？」

「母さんから。あとお客さんがチョコプリンを毎年つくってきてくれる」

実は母親が二人いるので、二個もらっただなんて、とても言えない。

「そうか、お母さんとお客さんか」

片想い中の女の子からはもらえなかったのか、などと余計なことは聞かないのが槙原のいいところである。

「優しいお母さんでいいな。大事にしろよ」

槙原は瞬太の肩にポンと手をのせると、にこっと笑った。

王子《おうじ》銀座《ぎんざ》商店街が帰宅や買い物の人たちで混雑する午後七時ごろ。

大通りから少し住宅街にはいったところにある自宅で、三井が一人、机にむかっていると、久しぶりに倉橋が訪ねてきた。

「こんばんは。元気？」

倉橋は剣道の稽古の帰りらしく、大荷物を背負っている。

「怜ちゃん、どうしたの？」

「陣中見舞いの友チョコ。手作りじゃないから、安心して食べて」

倉橋は三井に、小ぶりの紙袋をさしだした。

コンビニのバレンタイン特設コーナーで投げ売りされていたとおぼしき、おしゃれなホテルのチョコレートである。

変に高価なものを買ってこないのが、倉橋なりの気遣《きづか》いだ。

「ありがとう」

三井はクスクス笑いながら、紙袋を受け取った。

「最近学校でも会えないし、ちゃんと食べてるのか心配してたんだけど、やっぱりやせてる」

倉橋はけわしい表情で、三井の頬をつつく。

「そうかな？　体重計にのってないから自分ではわからないんだけど」

「無理してるんでしょ。春菜は頑張り屋だから」

「かいかぶりだよ」

「あたしは何でもお見通しだよ？」

倉橋は両手を腰にあてて、まっすぐ三井を見すえた。

「すごいなぁ」

「頑張るなって言っても頑張るんだろうけど、ちゃんと食べること」

「ゼリーとアイスクリームでしょ？　ちゃんと覚えてるよ」

「よろしい」

倉橋が、よしよし、と、三井の頭をなでると、三井はくすぐったそうに首をすくめて笑った。

「そういえば、今年はバレンタインのチョコどうしたの？」

「陰陽屋さん？　今年は行かなかった。けっこう並ぶし。それに、もし不合格だった時、あの時、陰陽屋へ行ったから、って、後悔しちゃうのいやだったから。でも……」

三井は一瞬ためらう。

「入試が終わったら、ちゃんと言おうと思う。ふられるってわかってるんだけど、言わないと、一生気づいてもらえないから」

「そうか」

倉橋は、いろんな思いが混じった複雑な笑顔でうなずいた。

第四話

妖怪博士と正直な尻尾

一

二月下旬になると、沢崎《さわざき》家のお隣の梅が満開になった。ほんのりと甘酸っぱい、すがすがしい匂いが瞬太《しゅんた》の鼻をくすぐる。

「まだまだ風は冷たいのに、植物はちゃんと春の気配を感じているのよね」

窓の外をながめながら、みどりは感心したように言う。

「あと一週間ちょっとで補習も終わりか。瞬太は本当によく頑張ったな」

瞬太と一緒に授業をうける気まんまんだった吾郎《ごろう》は、少し残念そうだ。

「卒業式の日はお休みとれそうだし、新しいスーツ買っちゃおうかしら」

「母さん、冬にも新しい着物買ったばっかりだよね？」

瞬太は驚いてきき返した。

卒業式にそこまで気合いを入れられると、正直、戸惑いを感じる。

「だって瞬太の高校の卒業式は一生に一度だけだし、ちゃんと瑠海《るみ》ちゃんの結婚式にも着回せるやつにするから」

「瑠海ちゃん結婚式あげるって？」

「いずれはあげるんじゃない？　高校卒業まではいろいろ内密にことをはこぶって言ってたけど、二人も来月には卒業だし。いまどきは子連れの結婚式も全然珍しくないから、きっと大《だい》ちゃんも一緒ね」

「大ちゃん、また大きくなったんだろうな」

「写真おくってもらったわよ。ちょっと顔がかわってきた気がする」

「どれどれ」

吾郎と瞬太は、みどりの携帯電話をのぞきこんだ。

生まれたばかりの頃は、猿のような魚のような不思議な顔をしていたが、今やすっかり人間の顔になっている。ちんまりとした鼻がかわいらしい。

思えば二年生の一学期に、当時のクラス担任の井上《いのうえ》先生から落第を打診されて以来、瞬太はずっと瀬戸際《せとぎわ》の高校生活をおくってきた。

三者面談はつねにバトルだったし、吾郎は毎日、弁当と晩ご飯に青魚を入れ続けたものだ。

だがそれも、あと少しの辛抱《しんぼう》である。

二月末まで補習を受け続ければ、そしておきていられれば、三月七日にはみんなと一緒に卒業式をむかえることができるのだ。

おきていられればというのが、なかなかの難関だが、ここまできたらなんとか頑張るしかない。

卒業式ってどんな感じなんだろう。

もちろん、去年と一昨年《おととし》も、在校生として出席したのだが、なにせ最初から最後まで熟睡していたので、何も覚えていない。

とにかく卒業式が終わったら、みんなで上海亭《シャンハイてい》にでもくりだして、うんと美味《おい》しいラーメンを食べよう。

それから……。

それから、どうしたらいいのだろう。

これまでずっと祥明《しょうめい》に「卒業以外のことは何も考えるな」と言われ、封印してきたことが気になりはじめる。

卒業後の就職先がないのである。

一時期、自分に何がむいているのかを考えたこともあったが、結局、答えはでないままだった。

運良く就職先が見つかっても、化けギツネは人間と成長スピードが違うので、ずっと同じところに勤めるのは難しいだろう。

佳流穂《かるほ》がさすらいのラーメン職人山田《やまだ》さんとして、あちこちのラーメン屋を転々としているのは、ちっとも年をとらないからかもしれない。もっとも、佳流穂の場合、半分趣味という気もするが。

「なあ、ジロ、おれ、どうしたらいいのかな？　このままだと高校卒業しても無職なんだけど……。陰陽屋のアルバイトも、いつまで続けられるのかなぁ」

ジロは困ったような顔で首をかしげると、瞬太の手の甲をぺろぺろなめてくれたのであった。

二

空の半分をおおった雲が、南にむかって流れていく。時おり雲の間から陽射《ひざ》しがこぼれるのだが、冷たく乾いた北風のせいで、ちっとも暖かく感じられない。

早く春にならないかなぁ、と、瞬太が階段を掃《は》いていると、さわやかなシトラスウッディの香りが駅の方からただよってきた。

「この香りは……！」

瞬太は大急ぎで、階段をかけおりて、薄暗い陰陽屋の店内を横切る。

「祥明、大変だ！」

「どうした」

祥明はいつものように、休憩室のベッドに寝そべり、本を読みふけっていた。

「春記《はるき》さんだ！」

「む」

本を閉じると、ベッドからおきあがり、長い黒髪をさっとととのえる。狩衣《かりぎぬ》の袖口《そでぐち》を両手でピシッとひっぱり、黒い沓《くつ》に足をいれた。

天敵の襲来に対し、気合いを入れているのだ。

「瞬太君、ヨシアキ君、いるかな？」

店の入り口から、少し気取った春記の声がした。

瞬太は急いで黄色い提灯《ちょうちん》を片手に、走って行く。

「いらっしゃい、春記さん」

「やあ、瞬太君、久しぶり。元気そうで何より。あけましておめでとうをまだ言ってなかったね」

　瞬太の三角の耳に目を細めながら、春記は微笑《ほほえ》む。

　今日の春記は、高そうなカシミアのロングコートに、これまた高そうなカシミアのマフラーと、革の手袋というセレブ防寒スタイルだ。もちろん革靴もピカピカに磨き込まれている。山科家のスーパー家政婦は健在のようだ。

「お、おめでとう！」

　瞬太は頭をぺこりとさげると、半歩後じさった。

　いつも春記には観察されているような気がして、緊張してしまう。

「いらっしゃいませ。陰陽屋へようこそ」

　几帳《きちょう》のかげからでてきた祥明は、顔に営業スマイルをはりつけていた。

　相手が春記の時は「早く帰れ」モードが全開になる時が多いのだが、今日は違うようだ。

「やあ、ヨシアキ君、どうしても君に会いたくて、新幹線に飛び乗ってしまったよ。

ハグしていいかな？」

まずは恒例の、愛のこもった挨拶から入る。

「嫌です。で、ご用件は？」

「陰陽屋さんに仕事の依頼で来たんだ」

「ほう？」

「鈴村《すずむら》君が消えてしまったので、行き先を捜してもらえるかな？」

鈴村という名前に、瞬太はびっくりした。

「鈴村って、あの鈴村さん⁉　消えたってどういうこと⁉」

「キツネ君、落ち着け。まずはお茶を」

祥明に視線で「尻尾《しっぽ》！」と注意喚起《かんき》されて、瞬太ははっとした。興奮のあまり、つい、尻尾をふくらませてしまったようだ。

休憩室へ戻ると、大きく三回深呼吸をして、落ち着け、と、自分に言い聞かせる。

瞬太がお盆に湯呑みをのせて運んでいくと、春記はコートやマフラーをとり、テーブル席についていた。優雅に長い脚を組んで、王侯貴族のようにゆったりと腰かけている。

「鈴村君は、冬休み前まではちょくちょく研究室に顔をだしていたんだよ。ところが冬休みがあけても全然姿をあらわさなくてね。最初は風邪でもひいたのかと思って気にもとめなかったんだが、そのまま二月になってしまった。いくらなんでも何も連絡がないのはおかしいということになり、学生たちが連絡をとろうとしたが、メールに返信はなく、電話にもでないというんだ」

「春記さんは自分で連絡をとらなかったんですか？」

「とったよ。学生たちが、山科《やましな》先生からの電話なら、さすがに無視できないだろうというのでね。だがまったく無反応だったよ」

こうなると、鈴村の身に何かあったのではないか、という疑惑が、いっきに研究室に広がった。

「住所はわからないんですか？」

「行ってみたさ。だが見事にもぬけのからだった。隣人に事情を説明して尋ねたところ、十二月のうちに引き払っていたらしい。引っ越し先は知らないとのことだったよ」

「いわゆる夜逃げですか」

「まあそうなるかな」

春記は、困ったねぇ、と、肩をすくめてみせた。

三

「夜逃げというと、ふつうは借金か女性関係が相場ですが、何か心当たりは？」

「まったくないよ。いや、もしかしたら莫大《ばくだい》な借金をかかえていたのかもしれないが、彼のプライベートは全然わからなくてね。僕はもちろん、他の学生たちも、個人的なつきあいはなかったんだ。いなくなってからわかったんだけど、鈴村恒晴《つねはる》という青年の個人情報を把握している者は一人もいないんだよ」

「院生なんですよね？　学生課で実家の住所くらい調べられないんですか？」

いくら個人情報にうるさい時代とはいえ、事情が事情だし、融通してもらえそうなものである。

「それがね、よく調べたら、そもそも院生じゃなかったんだ」

「は？」

「彼、研究生だったんだよ。でも学生証持ってるし、大学の図書館も利用できるし、みごとにだまされたねぇ。まさにキツネにつままれたような気分だよ」

春記は肩をすくめて、苦笑《にがわら》いをうかべた。

まあまあ規模の大きな大学なので、学部、学科も多数あり、他の院生たちも気づかなかったのだという。

「春記さん……」

祥明は頭をかかえた。

恒晴のやり方も巧妙だったのだろうが、春記も自分に近づいてくる人間に対して、もう少し警戒心を抱いてもよいのではないだろうか。

もしかしたら例の、人の心をあやつる妖力とやらを行使していたのかもしれない。

「というわけで、交友関係から彼を捜しだすのは早々にあきらめたよ。どちらにせよ、もう京都にはいないだろうしね」

春記に見つめられ、瞬太はドギマギした。

狐の行列のことと飛鳥山《あすかやま》公園のことを、春記に話した方がいいのだろうか。

だがその話をすると、自分と呉羽と恒晴の関係を、さらに言えば、自分が化けギツネだということも、白状しないといけなくなりそうだ。

そのへんをうまくごまかせるだろうか。

「しかし鈴村君の他に、荷物持ちの希望者がいなかったわけじゃないでしょう？　なぜ彼を採用したんですか？」

なにせ春記は、雑誌の取材や講演会の依頼がひきもきらない、人気学者なのである。

「あのきらめく琥珀《こはく》色の瞳がね、気に入ったんだ。日本人には珍しいきれいな色だった。まるで蜂蜜《はちみつ》をとかしたような……。あと、どことなく不思議な気配をまとっていたところかな。時おり、あやかしではないかと思わせるところがあったね」

「あや……かし……？」

春記の言葉に、瞬太の心臓はドクンと大きくはねた。

「瞬太君みたいにはっきりした外見的特徴があったわけじゃないから、あくまで雰囲気だけどね」

「え、お、おれ？　おれはつけ耳だよ？」

瞬太は精一杯、動揺を押し隠して答える。

「今さら隠さないでもいいよ。妖狐《ようこ》だろう？　初めてここで会った時から、わかっていた」

春記の微笑《ほほえ》みに、瞬太は凍《こお》りついた。

初めて会った時から、わかっていた……⁉

「春記さんはおまえにかまをかけてるんだ。いつものことだろう。本気にするな」

瞬太の動揺をおさえようとして、祥明が言う。

「か、かまか。なんだ。春記さん、目がおかしくなったのかと思ったよ」

瞬太は精一杯、自然にしらをきった。

「おや、瞬太君、尻尾が」

春記は頬に人差し指をあて、楽しそうに微笑む。

「え？」

瞬太がおそるおそる振り向くと、もともとふさふさの尻尾が、さらにぶわっとふくらんでいた。

四

ばれたー！

瞬太の背中を、滝のような冷や汗が流れ落ちていく。

静まれ、おれの尻尾！

「君のつけ尻尾、ふくらむんだね」

「こ、こ、こ、これは最先端の技術なんだ。すごいだろ⁉」

動揺のあまり、声が裏返ってしまう。

「そうか」

春記は優しくうなずく。

「言いたくないのなら無理に言わないでいい。そういうことにしておいてあげるよ」

「ええっと……」

瞬太は涙目で祥明の顔を見上げるが、もはやフォローの言葉もなく、扇をひらいて口もとをかくしただけだった。

祥明と春記はまっすぐににらみあう。

目には見えない火花が、バチバチと飛び散るのを瞬太は肌で感じる。

「鈴村君と連絡がとれない、と、メールか電話でご連絡くださればすむものを、わざわざ陰陽屋まで来て、人捜しの依頼をするなんて妙だなとは思ったんです。春記さんの目的は妖狐ですか」

　祥明の声はいつにもまして硬《かた》く、冷ややかだ。

　いつのまにか営業スマイルも消えてしまった。

「僕としても、瞬太君を守りたい気持ちは一緒だよ。そのためには、手を組んだ方がいいと思わないか？　きみだって京都に協力者がいるのは悪くないだろう？　鈴村君が戻ってくる可能性だってあるかもしれないんだし」

「そうでしょうか？　このまま彼が行方《ゆくえ》をくらましてしまっても、こちらとしてはまったく問題ありませんが」

「放っておけば、きっと、油断した頃にまた瞬太君にちょっかいだしてくるだろうね」

　春記の言葉に、瞬太はぎょっとする。

　鈴村恒晴が狐の行列や飛鳥山で瞬太に会ったことを、春記は知っているのだろうか。

「相手が動くのをただ待っていちゃだめだと思わないか？　こちらから追い込んで、きっちりカタをつけた方が有利にことをはこべる」

「先手必勝というわけですか」

「攻撃は最大の防御とも言うね」

春記は強引にたたみこむが、祥明は即答しない。どこまで相手を信用できるか、見極めようとしているのだ。

「わかりました。人捜しを引き受けましょう。ただし料金はちゃんといただきますよ」

「もちろん。そのかわり、依頼主として、そちらがもっている情報も開示してほしいところだね」

「どうする？」

祥明は瞬太に尋ねた。

「ええと……」

急に祥明から尋ねられて、瞬太は答えに窮《きゅう》した。

よく似た二人のピリピリするやりとりに、すっかり気おくれしていたのもあるが、もともと考えごとは苦手なのだ。

「今、決めないとだめ？」

「そんなことはないよ。よく考えてみて」

春記の優しい微笑みに、瞬太はほっとする。

だが。

「そうだね。一日待とうか」

「一日」

たった一日で決められるだろうか。

瞬太は顔をひきつらせる。

「ぼやぼやしているうちに、むこうが動きかねないからね。ゆっくりしているのは危険だ。明日また来るよ」

春記の口調はやわらかだが、有無を言わさぬ目力がすごい。

「わかった……」

瞬太はこくりとうなずいたのであった。

春記を見送った後、祥明はくるりと振り返りった。

「キツネ君、逃げるなよ」

「へっ!?」

「おまえは困ったことがあると、すぐに逃げだすからな」

「うっ……」

瞬太が夏休みの間、京都に逃げていたことを、祥明はまだ根にもっているらしい。

「まあ、今回は京都にも逃げられないが」

「わかってるよ」

瞬太はプッと頬をふくらませる。

「考えぬいた末、逃げるにしかず、という結論がでたのならまだしも、おまえは何も考えないで、いきなり逃げるだろう。たまには自分の頭で考えたらどうだ。自分の意見を言えない人間は、存在しないのと一緒だぞ」

祥明はズケズケと厳しいことを言う。

「そんなこと言ったって……」

考えごとほど苦手なことはない。

なにせ面倒なことを考えようとすると、眠くなってしまうのだ。

「ただし他の人の意見はきいてもいい。今回は相談できる相手も時間も限られるが」

「じゃあさ、祥明は春記さんに何もかも話しても大丈夫だと思う？」

「思うわけがない」

祥明はあっさり答える。

「だが、わざわざ陰陽屋まで来て、鈴村恒晴の失踪の詳細を教えてくれたのは、春記さんなりの誠意だろう。もしかしたら、うっかり、荷物持ちとして陰陽屋に連れて来たことを、悪かったと思っているのかもしれない」

「誠意……」

「ものすごく腹黒そうに見えるが、春記さんは金持ちのぼんぼんで育ちがいいから、多少はおっとりしたところがあるんだ。基本的に学者肌で、妖怪大好きだし。ただセクハラ多めで、ちょいちょい皮肉もはさんでくるから、善良とは言い切れないが」

奥歯にものがはさまったような祥明の説明に、瞬太は首をかしげる。

「要するに、悪い人じゃないってこと？」

「そうかもな」

うなずいた後、十秒ほどして祥明は、「だが、いい人でもない」と念を押すのを忘れなかったのであった。

五

六本木は、夜九時をすぎても、ほとんどの店があいており、大勢の人が行き交っている。

クラブに遊びにきたとおぼしきお洒落《しゃれ》な若い男女がたむろする一方で、ダークスーツのビジネスマンもけっこう多い。

だが高校の制服でうろうろしているのは、瞬太一人である。

「ハクビシン騒動の時に、童水干《わらべすいかん》で来たことを思えば、まだましだよな」

自分に言《い》い訳《わけ》する。

祥明に厳しく言われ、瞬太なりに考えたのだが、瞬太には妖狐の流儀というのがよくわからないので、まずはこの人に相談することにした。

クラブドルチェのバーテンダー、葛城《かつらぎ》だ。

葛城の自宅の場所はわからないが、この時間ならドルチェで働いているはずである。

店の入り口あたりを瞬太がうろうろしていると、誰かが気がついたのだろう。

「どうしたんだ、瞬太君。一人か？」

店の奥からでてきたのは、元ナンバーワンホストの雅人《まさと》だった。現在はフロアマネージャーだが、軽くなでつけた前髪と黒服がしなやかな長身をひきたたせ、どのホストよりも大人の色香をまとっている。

「うん。葛城さんに相談したいことがあって。お店が終わるまでここで待っててていいかな」

「葛城に？」

雅人は瞬太の制服姿を一瞥《いちべつ》した。

「君は中学生だったかな？」

「違うよ！　高校三年生、もう十八だよ」

「十八ならギリギリいけるか」

「え？」

「今日バイトが一人休んで、手がたりないんだ。待っている間、手伝ってくれないか？　もちろんバイト代はだす」

「えっ、お、おれがホストのアルバイトを!?」

驚きのあまり、瞬太の声は裏返ってしまう。

ホストって何をするんだったっけ。

たしか黒服を着て、お客さんにお酒をだしたり、おしゃべりの相手をするんだっけ？

「い、いや、おれ、酒はまだ。未成年だし」

「違う。皿洗いだ」

「ああ」

なーんだ、と、瞬太は照れ笑いで耳の裏をかく。

「制服姿でこのあたりを夜中までうろうろしていたら、補導されるのが関の山だし、厨房《ちゅうぼう》で皿やグラスを洗いながら待っててくれれば、うちとしても助かる」

「いいよ。おれ、いつも陰陽屋で湯呑み洗ってるし」

瞬太が快諾すると、雅人は「よし、こっちだ」と、瞬太を厨房に連れていった。

いくら皿洗いとはいえ、さすがに高校の制服姿というわけにはいかない、ブレザーを脱いで、襟元《えりもと》をゆるめるように言われる。

瞬太はシャツのボタンを二つあけ、ネクタイをゆるめて、黒いエプロンをつけてみた。

「いまいち垢抜《あかぬ》けないな」

雅人は整髪用のワックスを大きなてのひらに広げると、瞬太の前髪をさっと後ろに流す。

「どうだ？」

「これでピアスつければいい線いきますよ」

前髪をはねあげながら言ったのは、現在のナンバーワンホストで白服の燐《りん》だ。

「皿洗いなら十分でしょう」

執事系ホストの朔夜《さくや》が、眼鏡《めがね》のフレームを押し上げながらうなずく。

「でもそうですね、私なら……」

ドルチェのホストたちが面白がって、シャツの袖《そで》をまくったり、眉《まゆ》を描きたしたりしてくれた。

ただ皿を洗うだけなのに、ここまでお洒落に気をつかう必要があるのだろうか。

「オーデコロンもつけてみる？」

「ばらの香りのフルーツ盛り合わせはだめだろう」

「残念」

「もしかして、みんな、面白がってる……？」

「よく気がついたねぇ」

小悪魔系ホストがフフッと笑う。

「じゃあ頼んだぞ」

「まかせて」

瞬太は厨房のシンクにたまった食器を、片っ端から洗っていった。

六

十時近くになって、葛城が厨房に顔をだした。

バーテンダーとしての仕事中なので、白いワイシャツに黒いチョッキ姿で、上着は脱いでいる。

もちろんトレードマークの、濃い色のサングラスは欠かさない。

「瞬太さん、その格好は……？」

「雅人さんたちがやってくれたんだけど、変だよね」

皿を拭《ふ》きながら、瞬太は照れ笑いをうかべる。

「いえ、よく似合ってますよ。少し大人びた雰囲気で驚きましたが」

「本当？」

瞬太はぱっと顔を輝かせた。

少しがつくとはいえ、大人びた、なんて言われたのは、生まれて初めてである。

「今、バーカウンターがあいていますから、あちらで話しましょうか。食事はもうお済みですか？」

厨房には調理スタッフがいるので、たしかにここでは話しづらい。

瞬太はバーカウンターの一番端のスツールで、葛城がつくってくれたフルーツサンドウィッチを頰張《ほおば》りながら、春記のことを話した。

「春記さんはね、恒晴が何かしかけてくるのを待つよりも、こちらから捜しだして決着をつけた方がいいって言うんだ」

「なるほど。佳流穂《かるほ》さまの嗅覚レーダーにも限界はありますし、一理ありますね」

今のところ恒晴が瞬太に近づいてこないのは、佳流穂がガードしていることがわかったからだろう、と、葛城は推測した。

「このまえも佳流穂さんがあらわれたらすぐに消えちゃったけど、そんなに苦手なの？」

「佳流穂さんもですが、おそらくは、颯子《さつこ》さまが苦手なのでしょう」

「魔女っぽいよね」

「ところで呉羽《くれは》さまには、そのことは？」

「春記さんのことは、まだ話してない」

みどりより先に呉羽に言うのは、なんとなくためらわれる。それに、二十歳《はたち》そこそこにしか見えないこともあって、どうも呉羽は頼りない気がしてしまう。

実のところ呉羽が何歳なのかは気になるところだが、もし万が一、自分の母親が百歳をこえていたらと思うと怖いので、聞けないでいる。

「飛鳥山で佳流穂さんに助けてもらったところまでは話したよ。佳流穂さんに鼻の修業をすすめられたことも」

「瞬太さんは嗅覚を鍛《きた》えたいのですか？」

「佳流穂さんみたいに鼻がきいたら、便利だろうなとは思うけど……」

そのために王子《おうじ》をはなれて、佳流穂と暮らすのは気がすすまない。

「葛城さんは鼻の修業の仕方って知ってる？」

「修業というほどではありませんが、基本的な訓練なら教えられますよ」

佳流穂の嗅覚には及ばないが、匂いだけでカクテルのレシピを言い当てるくらいのことはできるのだという。

「若いうちじゃないと鼻を鍛えられないっていうのは本当？」

「そうですね。年をとってから鼻や耳を鍛えるのは難しいと思います」

「やっぱりそうなのか……」

瞬太は暗い顔でため息をつく。

だが今日は、まずは春記のことだ。

「それで、春記さんのことなんだけど、どう思う？」

「瞬太さんが妖狐だということは話したんですか？」

「きっぱり否定したよ！　……全然信じてないと思うけど……尻尾がね……勝手にぶわっと……」

思えば中学の同級生たちもみんな、瞬太の正体に気がついていたのだ。

妖怪博士である春記が、見破れないはずがない。

「私たち妖狐は、人間社会にとけこんで暮らしていますからね。正体がばれないにこしたことはありませんが、残念ながら隠しきれないこともあります」

「そうなんだよね……。自分では一所懸命隠してるつもりなんだけど……」

「私はその春記さんという人には会ったことがありませんから、軽々しいことは言えませんが、ショウさんが手を組んでもいいと考えているのなら、大丈夫なのではないでしょうか。本当に危険な相手だったら、断固として反対するはずです」

「そう言われればそうかも……？」

「でもショウさんは瞬太さんに、自分で考えろ、と、言ったんですね」

「そうなんだよ。冷たいだろ？」

「瞬太さんの意思を尊重してくれているんですよ。本来ショウさんは、なんでも自分で考えて決めるタイプの人ですから」

「あいつ性格は悪いけど頭はいいからな」

瞬太は両腕でカウンターに頬杖をつく。

「口は多少悪いところがありますが、本来は優しい人だと思いますよ」

「葛城さんの前では猫をかぶってるんだよ」

「そうでしょうか」

葛城はおだやかに微笑んだ。

「ところで瞬太さん、最後に一言だけいいでしょうか？　余計なお世話かもしれませんが」

「なんでも言って」

「補習で寝ないために頑張っているという事情は、わかっています。しかし、これ以上、顔に湿布や香辛料の臭《にお》いをしみこませると、鼻がばかになる危険があるので、他の方法を考えた方がいいですよ。修業をするどころの話ではなくなります」

「えっ、しみこんでる⁉　毎朝、ちゃんと顔洗ってるんだけど」

瞬太はあわてて、自分の顔の臭いをかごうとするが、もちろんできない。

「なんというか……年配のご婦人とすれ違った時のような、エキゾチックな臭いが……」

「気をつけるよ」

瞬太はがっくりとうなだれた。

七

瞬太が帰宅したのは、十一時半近くになってからだった。

玄関先で吠えるジロの声が静かな住宅街に響くと、ドアが開き、みどりが顔をだす。

帰りが遅くなるから先に寝ていていいよ、と、電話で知らせてあったのだが、案の定、起きて待っていたらしい。

瞬太はもう十八歳なのに、二人はあいかわらず過保護なのだ。

「瞬ちゃん、ずいぶん遅かったのね……って、その髪はどうしたの!? もしかして美容院に行ってきたの？」

「えっ？　ああ、これ」

葛城との話が終わった後、エプロンを返していつもの制服姿に戻ったのだが、髪は雅人がととのえてくれたままだった。

「瞬太が帰ってきたのかい？」

みどりの肩ごしに、エプロン姿の吾郎が顔をだすと、美味《おい》しそうな煙の匂いがした。

どうやらサンマの燻製《くんせい》をつくっているところらしい。

瞬太はとっさにお腹を押さえたが、ギュルルルルッと鳴るのを止めることはできなかった。

スウェットの上下に着替えて一階におりると、ダイニングテーブルには夜食が用意されていた。サバの西京焼《さいきょうや》きと青梗菜《ちんげんさい》のごまあえだ。

両手をあわせると、ガツガツとかきこむ。

自分の髪にむけるみどりの興味津々な眼差《まなざ》しに負けて、瞬太は食べながら事情を説明した。

「クラブドルチェのホストさんたちが？　どうりでずいぶん男前になってると思ったわ。でもどうしてドルチェへ行ったの？　またハクビシン？」

「え、いや、えっと……」

「ひょっとして葛城さんに会いに行ったのかい？」

瞬太の態度で吾郎はピンときたのだろう。

「ええと……」

「まさかお小遣《こづか》いをねだりに行ったんじゃないでしょうね？」

「違うよ！　真面目《まじめ》な相談で行ったんだよ！」

うっかり口走ってから、しまった、と、思ったが、もう遅い。

まんまとみどりの誘導尋問にひっかかってしまった。

「親に言えないような相談なのか……」

「恋愛相談かしら？」

「そんなんじゃないよ！」

なるべくみどりと吾郎には心配も迷惑もかけたくなかったのだが。

柊一郎《しゅういちろう》の、「迷惑をかけずに生きることなんてできないから」という名言が耳の奥でよみがえった。

「もしかしたら厄介《やっかい》なことに巻き込んじゃうかもしれないんだけど、大丈夫かな……？」

「そんなことが怖かったら、最初から化けギツネの赤ちゃんなんか育ててません」

瞬太の遠慮がちな問いかけに、みどりは自信満々で断言した。

「むしろ何がおこっているのかちゃんと話してくれた方が、心の準備ができて助かるよ」

吾郎のもっともな答えも、瞬太の心を後押しする。

狐の行列にさかのぼって、瞬太はぽつぽつと話しはじめた。

瞬太の話が長くなりそうだと察して、おもむろに吾郎はコーヒーをいれはじめる。

その予想は適中し、二人がコーヒーを飲みほした頃に、ようやく今日、葛城を訪ねたくだりまでたどりついた。

「それで、葛城さんに、春記さんのことと鼻の修業のことを相談したんだ」

「それで葛城さんはなんて答えたの？」

「春記さんには直接会ったことないけど、祥明が反対してないのなら大丈夫なんじゃないか、って。あと、祥明がおれに自分で考えろって言ったのは冷たいからじゃなくて、おれの人生に関わる大事なことだからだってさ。葛城さんは祥明をかいかぶってるんだよ」

「あら、そうかしら。祥明さんに関しては母さんも同意見よ」

「母さんは最初から祥明びいきだもんね。みんなあいつの顔と口先にだまされるんだよ」

瞬太が不満げに言うと、みどりは、ふーん、と、腕組みした。

「瞬太がそんなこと言うのなら、そうね、母さん、その春記さんと直接お話ししてみようかしら」

「へ？」

「もちろん祥明さんのことは信用してるわ。でも山科春記さんって、時々テレビで見かける、あの妖怪博士さんでしょ？　ここは一度会っておきたいじゃない。あ、もちろん、母さんの好奇心を満たすためじゃなくて、瞬太のためよ？」

「母さん……」

久しぶりに、みどりのオカルト愛に火がついたのであった。

八

翌日の午後、陰陽屋は秘密会合のために貸し切りとなった。

祥明、みどり、吾郎、そして春記の四人で小さなテーブルを囲む。

瞬太がいそいそと、だが少し緊張した面持《おもも》ちでお茶をはこぶと、祥明が春記を紹介しているところだった。

「こちらが山科春記さん。母の従弟《いとこ》で、見ての通り、大変な腹黒、もとい、下心の持ち主です」

祥明が満面の営業スマイルで辛口の紹介をすると、春記は悠然と微笑んだ。

「そんなに愛のこもった紹介をされると感動するね。ハグしていい？」

祥明も祥明なら、春記も春記である。

「嫌です。さっさと本題にはいってください」

「ヨシアキ君はあいかわらず照れ屋さんだね」

みどりと吾郎は、当然、かなり戸惑った様子だが、祥明と春記は気にすることなく話をすすめる。

「あらためてご両親に説明させていただくと、京都で僕の助手をしていた鈴村恒晴君が急にいなくなってしまったので、陰陽屋さんに捜索の依頼をしています。瞬太君にもいろいろ協力してもらえれば幸いです」

「こんなうさんくさい初対面の学者の頼みなど、もちろん、今すぐ、断っていただいてもかまいませんよ」

「いえ、そんな……」

安倍家は代々、美しい婿養子《むこようし》をむかえてきたのだが、その遺伝子が本領を発揮した二人の端整な容姿に、みどりはすっかり見とれてしまう。

「父さん、何とか言ってよ」

瞬太に腕をつつかれて、吾郎は、こほん、と咳払いをした。

「ああ、その、私も山科さんのご高名はかねがねうかがっていますが、ご専門は妖怪……でしたよね」

「はい。ひとくちに妖怪と言っても、世界中にさまざまな妖怪がいますが、僕は日本国内、特に京都に縁のある、天狗《てんぐ》などの妖怪が好きですね」

「たとえば、その、天狗などを発見されたら、学会で発表されたり、本を書かれたりするんでしょうか」

核心にせまる吾郎の質問に、瞬太は胸のお盆をぎゅっと強く握りしめた。

みどりも表情をあらためる。

「僕の場合、研究の目的はあくまで妖怪について詳しく知ることであり、公表することではありません。ですから本人が発表されることを希望しない場合は、心の中にとどめておくつもりです」

「大変失礼ですが、山科さんの言葉を信じてもいいのでしょうか？」

吾郎がまっすぐに目を見て尋ねたのは、祥明だ。

吾郎の思いきった質問に、瞬太は驚いた表情で、みどりははらはらした表情で、春記は優雅に微笑んだまま、祥明の答えを待つ。

「そうですね……」

祥明はゆっくりと扇を開きながら答えた。

「春記さんは、賢明で狡猾《こうかつ》で、きちんと計算ができる人なので、瞬太君に嫌《きら》われたり、困らせたりするようなことは決してしないはずです」

「は？」

誉《ほ》めるのかと思わせておいて、まったく誉めていない祥明の答えに、吾郎とみどりはあっけにとられた。

九

祥明の悪口雑言を、春記は驚くことなく、興味深そうに聞いている。

「瞬太君が京都の山科家でひと夏の間ずっとだらだらしていた時も、何もせず、ひたすら見守っていたようですし」

「えっ、瞬太が京都でお世話になった方ですか！　そうとは知らず、お礼が遅くなって本当に申し訳ありません」

吾郎があわてて立ち上がり、頭をさげると、みどりも続く。

「瞬ちゃん、そういう大事なことは先に言いなさい！」

「あれ、言ってなかったっけ？」

なにせ瞬太が東京に戻ったその夜に、瑠海が出産したので、しばらくの間、沢崎家はてんやわんやだったのだ。

瞬太も両親に何を報告したのか、こまかいところまでは覚えていない。

「いえいえ、僕は別に何も。瞬太君の友人として当然のことをしたまでです」

「ゆ、友人……？」

瞬太は戸惑った顔で、耳の裏をかいた。

「それは初耳です。てっきり、瞬太君のことを化けギツネだと勘違いしてつきまとうストーカーかと思っていました」

祥明もぼそりとつぶやく。

「ヨシアキ君、自分が化けギツネ研究のために瞬太君を独占したいからといって、僕を類友扱いするのはやめてもらえるかな？」

春記の反論に、祥明は眉を片方つりあげた。

「そんなつもりはありません。瞬太君を放っておくと、どんどん厄介ごとを引きおこした挙げ句、逃げ出すのが関の山だから、そうならないように手をうってるだけです。つまり陰陽屋と自分の平穏のためですよ」

「祥明……そのへんで勘弁してくれ……」

すがすがしいくらい、みもふたもない祥明の言葉に、瞬太は、きまり悪そうな顔で訴える。

「何か文句があるか？」

「いや、文句はない。自分のためだってはっきり宣言されると、おれも気が楽で助かるよ」

ははは、と、瞬太が情けない笑顔になると、みどりと吾郎もつられて苦笑《にがわら》いをうかべる。

「お二人の率直なお気持ちが聞けて、大変参考になりました」

「そうね。あとは瞬太の好きにしたらいいわ」

「え？　おれが決めていいの？」

てっきりみどりが決めるものだとばかり思っていたので、瞬太は驚く。

「だって瞬太のことだから」

「それはそうだけど……」

「母さん今日は準夜勤だから、このへんで失礼するわね」

「父さんも買い物があるから」

二人はさっさと立ち上がり、挨拶をすると、店からでていった。

瞬太はあっけにとられて、しばらく立ちつくしてしまったが、五秒ほどして、慌《あわ》てて二人の後を追った。

「待ってよ！　父さん！　母さん！」

すでに階段をのぼりはじめていた二人の背中に、瞬太は声をかける。

みどりは振り向くと、にこりと笑う。

「春記さんの依頼を受けても断っても、どっちでも大丈夫よ。瞬太にはお稲荷《いなり》さまのご加護があるから、きっと何とかなるわ」

「そんな……」

「そうそう、何とかなるよ」

吾郎は、ぽんぽん、と、瞬太の頭を優しくたたき、うなずいた。

「早く戻らないと風邪ひくぞ」

「うん……」

瞬太をおいて、二人はすたすたと階段をのぼり、商店街の人混みに消えていった。

十

瞬太は一人、陰陽屋の薄暗い階段に取り残されて、途方《とほう》にくれた。

瞬ちゃんではなく瞬太とよんでいたから、みどりは冷静だ。

つまりみどりと吾郎は、春記のことを、信用できると判断したのだろう。

あるいは祥明にまかせておけば安心だと思ったのか。

いつも過保護な両親だが、祥明のことは信頼しているのだ。

「だって瞬太のことだから、か」

みどりの言葉を思い返し、瞬太は身震いした。

寒い。

そして怖い。

なにせ困ったことがおこると、誰かに助けてもらうか、逃げ出すかが瞬太のこれまでのお約束だった。

だが今回は、瞬太が自分で考えて決めねばならないのだ。

十八歳になんかならなきゃよかった。

考えて……決めなきゃ……。

だめだ……ねむ……

ねちゃだ……

「キツネ君、凍死するぞ」

祥明の声で瞬太ははっとした。

どうやら立ったまま眠っていたらしい。

「えっ、あっ、寝てた⁉」

「ああ。口を開けて気持ちよさそうに熟睡していた。もしかしてと思って見に来たら、案の定だ」

「最近、学校で寝られないから睡眠不足なんだよね」

瞬太は口のはしについたよだれを手の甲でぬぐいながら、照れ笑いで店内に戻った。

テーブル席では、春記が貴公子のように端整な姿で、瞬太がいれた徳用パックのお茶を飲んでいた。

緊張した面持ちの瞬太に、にっこりと微笑みかける。

「まえよりはましになったね」

「だろ？　美味しいお茶のいれ方を、プリンのばあちゃんに教えてもらったんだ！」

春記は決して美味しいとは言っていないのだが、瞬太は鼻高々である。

「で、どうする？」

祥明の質問はもちろん、恒晴捜しの件である。

「あのさ、おれ、ちゃんと考えて決めようと思ったんだけど、眠くなっちゃってだめだったよ」

瞬太が言うと、祥明は、やはりな、と、肩をすくめた。

「また保留か」

「ううん。きっと毎回眠くなっちゃってだめだと思うんだ。だからおれ、春記さんのことを信じることにした」

瞬太の宣言に、祥明はもちろん、春記まで驚いた表情になる。

「このままずっと、恒晴のことをどうするか考え続けても、たぶん、おれ、解決策とか思いつかない。それなら春記さんの言う通り、こっちから捜しに行った方がいいんじゃないかなって気がしてきた。何となくだけど」

「何となく、か」

祥明はあきれ顔を扇で半分かくした。

狩衣の肩がこまかく震えている。

わずか数秒で我慢しきれなくなり、祥明は爆笑した。

珍しく腹を抱え、身体《からだ》を二つ折りにしている。

「なんだよ、そこまで笑うことないだろ！」

瞬太は顔を赤くして抗議したが、祥明の笑いはとまらない。

どうも笑いのツボに入ってしまったようだ。

「瞬太君は、本当におもしろいねぇ」

春記も口もとを握りこぶしで押さえながら、クスクス笑っている。

二人の笑いがおさまるまで、しばらく時間がかかったのであった。

十一

その夜、帰宅した瞬太を見るなり、みどりが言った。

「決めたのね」

「えっ？　なんで？」

瞬太は驚いて、きき返す。

「ここのところずっと、ぱっとしない様子だったけど、今はすっきりした顔をしてる」

「うん。春記さんのことを信じることにした」

何となく、と言ったら、今度はみどりに爆笑されそうだったので、瞬太は黙っていることにした。

着替えて食卓につくと、今度は吾郎が、おや、という顔をした。

「あのあと、話が進展したのかい？」

「まあね。あれ、父さん、燻製のチップをかえた？　いつもよりちょっと甘い匂いがする」

瞬太はサバの燻製に鼻をひくひくさせる。

「そう言われればそんな気も」

みどりも燻製を鼻先にもってきて、匂いをかぐ。

「さすが瞬太。燻製のサイトに、チップはブレンドするのも楽しいって書いてあったから、今回はいつものサクラに、リンゴのチップを少しだけ混ぜてみたんだ」

「へぇ、リンゴの木のチップかぁ。うん、これもすごく美味しくていいね！」

口に入れた瞬間にふわっとひろがるフルーティーな煙の香りに、瞬太はうっとりする。

「いつも似たような青魚料理になっちゃうから、ちょっと変化をつけようと思ったんだ。次回は半々にしてみようかな」

予想以上の高評価に、吾郎は嬉しそうだ。

「そういえば、鼻の修業をするとかしないとか言ってなかった？」

「あ、うん」

そうだ、まだその件が残っていたんだった、と、瞬太は肩をおとした。

「葛城さんは何て言ってたんだ？」

「鼻の修業は、やっておけば役に立つこともあるから、おれが修業したいのなら教えてくれるって」

「嗅覚が役に立つこともあるのか。いやもちろん、調香師とか、ソムリエとか、特殊な仕事には必要な能力だろうけど」

瞬太がタマネギ臭にノックアウトされた現場に立ちあったことのある吾郎は、少し驚いたようだ。

「葛城さんもバーテンダーだから嗅覚が役に立ってるだけで、日常生活にはあんまり関係ないかもしれないけど」

「麻薬捜査官になればいいんじゃない？」

みどりがからかい半分で言う。

「犬には絶対かなわないよ。まあ、おれの場合はせいぜい、迷子の犬や猫を捜すくらいじゃないかな」

「ペット探偵か。それもなかなか特殊な仕事だね。でも、うちもジロがいなくなった時、すごく心配したし、人の役に立ついい仕事ではあるな」

吾郎は鼻の修業に対して、かなり乗り気になってきた。

「でも鼻の修業をするには、王子をはなれることになるんでしょう？」

「母さん、瞬太ももう十八歳なんだから」

心配そうなみどりを、吾郎がやんわりたしなめる。

「そうよね。将来、瞬太の役に立つことなんだし、喜んで送り出さなきゃいけないのよね」

わかってるんだけど、と、みどりは寂しそうに微笑んだ。

陰陽屋でもそうだったが、みどりも吾郎も、意識して、今までの過保護をやめようとしている感じがする。

「おれ、化けギツネだもんね……。いつまでも年をとらない子供がこの家にいるわけにはいかないし、高校を卒業したら、でていかないと……」

「おまえがキツネだからじゃない。人間でも、大人になったら巣立ちしていくものだ。まあ、本音としては、ずっと一緒にいたいけど、そういうわけにはいかないからね。

瞬太の人生は瞬太のものだ。どんなに寂しくても、心配でも、その時がきたら送りだしてやらないといけないって、父さんも母さんも覚悟してるよ」

「おれ、十八になんかならなきゃよかった」

今度こそ瞬太は、ぽそっと口にだしてしまう。

「瞬ちゃん？」

「ずっと十七歳の高校生でよかったのに。高校なんか卒業しないでもいいのに。ずっとこのまま、時間が止まってしまえばいい」

「でも、高坂《こうさか》君や三井《みつい》さんと一緒に卒業式にでたいでしょ？」

「……うん」

「大丈夫。この先どんなことがおこっても、瞬太にはお稲荷さまのご加護があるから、きっとなんとかなるわよ」

みどりは、陰陽屋の帰りぎわにも言っていたことを、繰り返した。

自分にも言い聞かせるように。

「そうそう。人生、案外なんとかなるもんだよ」

吾郎も穏やかな眼差しを瞬太にむける。

両親に優しくなぐさめられて、半ベソの瞬太は、こっくりとうなずいた。

十二

翌日の午後三時、葛城をまじえて、陰陽屋で作戦会議がひらかれた。

日曜日なので、祥明と瞬太も洋服である。もちろん春記も同席し、祥明、瞬太と四人でテーブルをかこむ。

昨日のお茶も悪くはなかったが、と、春記が持参の紅茶をいれ、ケーキを並べはじめる。メロンやマンゴーをたっぷり使った、見るからに高そうなフルーツケーキだ。

「キツネ君、餌付《えづ》けされるなよ」

「う、うん」

もうとっくに山科家の家政婦さんのとりこなのだが、内緒にしておくことにした。

まずは祥明と葛城から、これまでのいきさつのおさらい報告がある。

「なるほど、鈴村君が瞬太君のお父さんの死に関わっているかもしれないと」

「はい。兄が亡くなった日、恒晴さんが近くにいたのは、偶然かもしれませんが

「……」

「偶然であるはずがない」

春記と祥明は、同時に断言した。

「無関係なら隠しておく必要はないからね。黙っているということは、何かあるよ」

「おれも、そのことは絶対聞きたいと思ってるんだ。聞いたからって答えてくれるかどうかはわからないけど」

瞬太はケーキにのっているメロンとマンゴーを平らげながら答えた。

「問題は、居場所のわからない鈴村恒晴をどうやってよびだすか、ですが」

「おれ、メールアドレスわかるよ」

瞬太は得意げに、冷凍庫で復活させた名刺をだした。

「そのメールアドレスは僕も知っているよ。鈴村君は僕の助手だからね。いや、だった、と言うべきか」

「なんだ、そうか、そうだよね。メールアドレスが消えた時、春記さんにきけばよかったのか」

瞬太はそっと名刺をひっこめる。

「ただ、僕がメールをだしても返事がないから、連絡手段としては役に立たないんだよ。電話にもでない」

「春記さんに教えてもらって、おれもそのアドレスにメールをだしてみたが、やはりなしのつぶてだった。ただ、エラーが返ってくるわけではないから、メールアドレスを変更したということではなさそうだ」

祥明もこのメールアドレスを知っていた、という事実に、瞬太は拍子ぬけした。

だが、二人とも恒晴から返信がない、ということは。

「おれがもう一度、恒晴に、会いたいってメールをだした方がいい？」

瞬太の問いに、祥明は首を横に振る。

「佳流穂さんが近くにいておまえを守っていることがわかった以上、うかうかとでてこないだろう」

「そうか……」

「逆に言えば、佳流穂さまがいない時なら、恒晴さんもでてくるかもしれませんね」

「キャスリーンと河口湖《かわぐちこ》にでも行ってもらう？」

「それだ」

祥明は閉じた扇の先で瞬太をさした。

「え？　本当に河口湖？」

「河口湖でもハワイでもどこでもいい。要は、佳流穂さんが王子にいないことをSNSでアピールすればいいんじゃないのか？」

先日、優貴子が使った作戦そのままである。

「あいつ、佳流穂さんの投稿をチェックしてるかな？」

「そもそも佳流穂さまも颯子さまもSNSなんか普段やってらっしゃらないのに、突然はじめたら、あやしまれませんか？」

葛城の素朴な疑問に、他の三人は顔を見あわせた。

「絶対あやしむよね……」

葛城はもちろん、瞬太と祥明もSNSはやっていない。

「春記さんはSNSで発信してますよね？」

「アカウントもってるよ。でもいつも僕の仕事情報ばかりなのに、いきなり佳流穂さんと旅行なんて投稿をしたら、あやしさ満点じゃないか？　それよりも」

春記はにっこりと、ご機嫌な笑みをうかべた。

「優貴子さんのアカウントで、さりげなく写真をあげてもらうのがいいと思うよ。もともと月村颯子さんとも旅行仲間なんだし」

「優貴子さんとは、どなたですか？」

葛城が首をかしげる。

「知らないかな、ヨシアキ君のお母さん」

「あっ、まさか、あの、ピンドン事件のお母さまですか⁉」

葛城の顔色がさっとかわった。

かつて祥明がショウという名前でクラブドルチェに勤めていた時、優貴子は伝説の大事件をおこしたのである。

「母……ですか……」

祥明は眉間《みけん》に深いしわを刻み、うめくように言ったのであった。

十三

二月も残すところ、あと三日となった朝は、快晴だった。

瞬太はズキズキ痛む頭を抱えながら、家をでる。

痛みの原因は、寝不足の頭に朝の明るい陽射しがつきささるせいだ。

毎日、吾郎にたたきおこされ、這うようにして学校へむかうのだが、いまだに朝は苦手だし、つらい。

一月までの自分は、朝から学校で熟睡していたから、寝不足とはまったく無縁だったのだが、今だけはそうはいかない。

もしここで居眠りしてしまったら、これまでの苦労が水の泡となってしまう。

とはいえ眠いものは眠い。

真冬の寒さも少しだけゆるんできたし、スズメたちの楽しげなさえずりも眠気を誘う。

ふあぁぁぁぁ。

人目もはばからず、瞬太は大きなあくびをした。

「あれ、沢崎？」

ななめ上から、高坂の声がする。

後ろを振り返ると、やはり、高坂が立っていた。まだまだ寒い日が続いているので、たようだ。

制服の上に、毛糸のマフラーをまいている。

いつもなら靴音で気がつくのだが、四車線の大通りの交通量にかきけされてしまったようだ。

「おはよう、委員長。また背が伸びた？」

「気のせいじゃないのかな。それより沢崎、こんなところで何をしてるの？」

「何って、今日も補習だよ」

「補習って、一時間目からだよね？　もう九時半だけど大丈夫？」

「へ？」

そんなはずは、と、思いながら、瞬太は腕時計を確認した。

たしかに時計の針が九時三十二分をさしている。

「どういうこと!?　ちゃんといつも通り家をでたのに……」

瞬太は真っ青になった。

「沢崎、もしかして、信号待ちをしているうちに、立ったまま寝てたんじゃ……」

「それだ!!」

しまった、もうおしまいだ……！

さようなら、卒業式。
せっかく今まで頑張ったのに……
瞬太は歩道に両手をつき、がっくりと倒れこんだのであった。

あとがき

お久しぶりです、天野です。

ひょっとして初めましての方もいらっしゃいますか？

陰陽屋シリーズ十三巻「よろず占い処　陰陽屋と琥珀の瞳」をお届けします。

この十三巻は、日本中がステイホームを余儀なくされていた緊急事態宣言下、ネコハラの魔の手から逃れるべく、物置にひきこもって書きました。

ステイモノオキですよ、たはは。

あとがきを書いている今この瞬間も激しいネコハラ攻撃にさらされています。

「かまえ」とか「なでろ」とか要求しているみたいです。

私は無事にこのあとがきを書き上げることができるのでしょうか……!?


さて、ここからはネタバレになります。

大丈夫ですか？

……というわけで、いよいよあとちょっとというところまでたどり着きました！

これが少年漫画だと、ここからはてしなく長いラストバトルがあり、さらに登場人物それぞれの回想シーンが入ったりして、完結までさらに三年かかるところですが、陰陽屋は少年漫画ではないのでご安心ください（笑）。

たぶん本編は次の巻で完結です。

たぶんをつけちゃうあたりに自信のなさがあらわれてますが。

スピンオフもまた書きたいですね。

ちなみにスピンオフは「祥明がクラブドルチェでホストをしていた頃の話」と「海神別荘（瑠海と伸一の出会い編）の続き」のリクエストをたくさんいただいています。

このキャラクターのこんな話が読みたいというご希望がありましたら、恒例読者プレゼントのご応募のついでにでもお書き添えいただければ幸いです。


さて、実話ネタシリーズ、今回は二話で祥明が書物占いに使った『魔法の杖』です。

ある日たまたま自宅本棚の『魔法の杖』を手に取った私は、深い考えもなく「私はコロナから生き延びることができますか」という質問をしてみました。

もし「NO」のページがでてもただの偶然、気にしないもんね～くらいの軽いノリです。

ところが私が開いたページには「YES」でも「NO」でもなく「ほかの誰かが決定権をもっています」という妙にシビアな答えが。

ひぃぃ、そそそれは、私がトリアージの対象になるということでしょうか⁉

怖すぎるんですけど……！

いやいやいや、もっと穏当に、都知事や首相の政策が大きく影響するというふうに解釈しておきましょうかね、うんうん。

遊び半分で深刻な内容を占うと、とんでもないしっぺ返しをくらうということを身をもって知った春でした。

でも物書きたるもの、転んでも、ただではおきてはなりません。

ネタにしなくては……！

というわけで、キツネ君と衝撃を分かち合うことにしました（笑）。

占いといえば、先日「占いフェス」というオンラインのイベントで、ZOOMを使った五分占いを試してみました。

　鑑定料は四百円くらいだったかな？

「五分しかないし、ざっくり仕事運でも」とお願いしてみたところ「今年は最高の運気が来てますよ！」と言われてぽかーん。

　え、世界中がはげしくブルーな今年ですか？

「運気が上がっている実感ありませんか？」

「全然。コロナのせいで本屋さんが営業できなくなったり、業界全体がてんやわんやなので、私ひとり運気が良くてもどうにもなりません」

　まさに運気の無駄使いです。

　どうせなら去年だったら良かったのに。

「でもこの先、きっといいことがありますよ。何か新しい企画があるなら、今年やった方がいいです」

「新しい企画……オンラインイベントとか……？」

「絶対やった方がいいです！　きっと成功しますよ！」

だそうですよ。ほへ〜。

現実問題として、この先しばらく朗読イベントはオンライン配信で開催せざるをえない状況なのですが、こんな風に力強く応援してもらえると嬉しいですね。

あくまで「占いは当たるも八卦、当たらぬも八卦」ではあるのですが、かなりテンションがあがりました。

占い師さんありがとう。

祥明もいつもこんな感じでお客さんたちの背中を押しているのかしら、なんて想像するのも楽しかったです。

さて、最後にSNSのお知らせです。

ツイッターアカウント（@AmanoSyoko）では猫とテレビとゲームのつぶやき多めですが、新刊発売日や朗読イベント開催、キクボンのオーディオブック情報などもつぶやいておりますので、フォローしていただければ幸いです。

インスタグラム（amano.syoko）もぼちぼち投稿しているのですが、こちらは主に猫とご飯とポケモンのへっぽこ写真になります。たまに新刊や新グッズの写真も登場しますが、これまた、なかなかのへっぽこぶりだったり。

いつの日かうちの猫たちの可愛さをあますことなくうつしとり、全世界にむかって自慢したいものです。（親バカすぎ）

それではいよいよ陰陽屋シリーズが完結する（はずの）十四巻で、またお会いできることを祈りつつ。

二〇二〇年七月吉日　　天野頌子

参考文献

『現代・陰陽師入門　プロが教える陰陽道』（高橋圭也／著　朝日ソノラマ発行）
『安倍晴明　謎の大陰陽師とその占術』（藤巻一保／著　学習研究社発行）
『陰陽師列伝　日本史の闇の血脈』（志村有弘／著　学習研究社発行）
『陰陽師――安倍晴明の末裔たち』（荒俣宏／著　集英社発行）
『陰陽道　呪術と鬼神の世界』（鈴木一馨／著　講談社発行）
『陰陽道の本　日本史の闇を貫く秘儀・占術の系譜』（学習研究社発行）
『陰陽道奥義　安倍晴明「式盤」占い』（田口真堂／著　二見書房発行）
『安倍晴明「占事略决」詳解』（松岡秀達／著　岩田書院発行）
『鏡リュウジの占い大事典』（鏡リュウジ／著　説話社発行）
『野ギツネを追って』（D・マクドナルド／著　池田啓／訳　平凡社発行）
『狐狸学入門　キツネとタヌキはなぜ人を化かす？』（今泉忠明／著　講談社発行）
『キツネ村ものがたり　宮城蔵王キツネ村』（松原寛／写真　愛育社発行）
『足裏・手のひらセルフケア』（椎名絵里子／著　手島渚／監修　枻出版社発行）
『魔法の杖』（ジョージ・サバス／著　鏡リュウジ／訳　夜間飛行発行）
『マックス名人の世界の占い』（マックス名人／著　高木重朗／訳　東京堂出版発行）

『MY ANSWERS』（キャロル・ボルト／著　ディスカバー・トゥエンティワン発行）
『「幸せ」について知っておきたい5つのこと　NHK「幸福学」白熱教室』（NHK「幸福学」白熱教室制作班　エリザベス・ダン　ロバート・ビスワス＝ディーナー／著　KADOKAWA 発行）

本書は、書き下ろしです。

よろず占《うらな》い処《どころ》 陰陽屋《おんみょうや》と琥珀《こはく》の瞳《ひとみ》
天野頌子《あまのしょうこ》

2020年11月5日初版発行

発行者……………千葉 均
発行所……………株式会社ポプラ社
〒102-8519 東京都千代田区麹町4-2-6
電話……………03-5877-8109(営業)
03-5877-8112(編集)
フォーマットデザイン 荻窪裕司(design clopper)
印刷・製本 凸版印刷株式会社

乱丁・落丁本はお取り替えいたします。
小社宛にご連絡ください。
電話番号 0120-666-553
受付時間は、月~金曜日、9時~17時です(祝日・休日は除く)。

ポプラ文庫ピュアフル

ホームページ www.poplar.co.jp

N.D.C.913/294p/15cm
ISBN978-4-591-16804-2
P8111302